AF176325

Uwe Goeritz

Traumhafte Weihnachten

Bibliografische Information der Deutschen Nationalbibliothek:

Die Deutsche Nationalbibliothek verzeichnet diese Publikation in der Deutschen Nationalbibliografie; detaillierte bibliografische Daten sind im Internet über http://dnb.dnb.de abrufbar.

© 2023 Uwe Goeritz

Coverbild: Bilder von Majabel Creaciones und Zane auf Pixabay

Covergestaltung: Uwe Goeritz

Herstellung und Verlag: BoD – Books on Demand, Norderstedt

ISBN: 978-3-7578-2962-9

Inhaltsverzeichnis

Anmerkungen und Warnungen

*D*iese Erzählung sollte Jugendlichen nicht zugänglich gemacht werden.

Ausnahmslos alle Beteiligten dieser Geschichte sind erwachsen und über 21 Jahre alt.

Sämtliche Orte, Figuren, Firmen und Ereignisse dieser Erzählung sind frei erfunden. Jede Ähnlichkeit mit echten Personen, ob lebend oder tot, ist rein zufällig und vom Autor nicht beabsichtigt.

1. Kapitel

Novemberregen

Es war ein schmutzig grauer Freitag im letzten Drittel des Monats November, Melissa lehnte seufzend an dem kleinen Stehtisch und ihr einziger Lichtblick an diesem erbärmlichen Tag war, dass dieser sich gerade seinem Ende näherte und die damit bald einsetzende Dämmerung das Elend für ein paar Stunden vor ihren Augen verbarg

Allerdings käme danach auch schon das Wochenende und nach dem Wetterbericht sah das wohl auch nicht viel besser aus!

Sie hielt sich an ihrer Tasse Kaffee fest. Das Gebräu schmeckte zwar scheußlich, aber es war wenigstens heiß!

Von ihrer Position aus musste sie zwangsläufig aus dem Fenster sehen und der Ausblick auf diese Industriebrache mit übermäßig viel Gerümpel drum herum war trotz des Regens auch nicht wirklich erheiternd.

Am Nebentisch unterhielten sich zwei ihrer Kolleginnen fast überschwänglich über die bald schon beginnende Adventszeit. Eine schwärmte von den Buden auf dem Weihnachtsmarkt, die andere versuchte das mit Anekdoten vom Skilaufen in den Alpen und wild romantischen Beschreibungen von Abenden vor dem Kamin einer Almhütte zu übertrumpfen.

Still fluchte Melissa in sich hinein. Konnten die beiden nicht endlich damit aufhören?

Sie kippte einen neuen Schluck von dem Heißgetränk herunter und es schüttelte sie beinahe dabei. Das war allerdings vermutlich auch der Tatsache geschuldet, dass sie hier gerade in roter Spitzenunterwäsche mit einer farblich dazu passenden Zipfelmütze in der Gegend herumstand und entsetzlich fror.

Die Decke, die ihr einer der Männer um die nackten Schultern gelegt hatte, wärmte auch nicht wirklich, denn die Kälte zog permanent von unten hoch!

Hinter ihr bauten einige Arbeiter gerade lärmend und dabei laut fluchend das Filmset um und in ein paar Minuten würde für sie der Dreh des Werbespots für Weihnachten dann weiter gehen.

Wer kam eigentlich auf solch krude Ideen, einen Werbefilm für Schmuck zum Jahresende in Unterwäsche drehen zu wollen?

Natürlich galt auch hier »Sex sells«, und sie brauchte das Geld, aber nie im Leben hätte sie sicherlich auf solch einen unmöglichen Spot hin auch nur einen Fuß in das betreffende Juweliergeschäft gesetzt!

Abermals seufzte sie und blickte in den Plastikbecher.

Ihre Gedanken flogen zurück. Eigentlich hatte sie Weihnachten mal geliebt, aber die Umstände hatten ihr die Freude an diesem Fest für immer verdorben.

Vor drei Jahren hatte ihr Freund sie ein paar Tage vor Heiligabend mit ihrer besten Freundin betrogen und sich dabei auch noch von ihr in flagranti erwischen lassen und vor zwei Jahren hatten ihre Eltern genau an demselben Tag vor dem Fest einen tödlichen Autounfall gehabt!

Die Erinnerung an beide Ereignisse schmerzte noch immer, aber was davon mehr? Der Betrug oder der Verlust?

Jetzt war sie also völlig auf sich alleine gestellt und der Job im Büro einer kleinen Elektrofirma warf nicht wirklich so viel ab, dass sie davon die jetzt eigentlich völlig überdimensionierte Wohnung der Eltern, in der sie bis zu jenem schmerzlichen Tag mit ihnen gewohnt hatte und seitdem noch alleine darin lebte, finanzieren konnte.

Kleine Werbespots wie dieser hier sorgten dafür, dass die Zwangsräumung noch fern war, aber nicht sehr weit! Und ein Umzug in eine kleinere Wohnung konnte sie sich auch nicht mehr leisten.

Geschweige denn, es auch nur in Erwägung zu ziehen, für einen Skiurlaub nach Südtirol zu fahren, wie es ihre Kollegin ihrer Beschreibung nach wohl jedes Weihnachten tat!

„Wir wären dann so weit!", ließ sich der Aufnahmeleiter von nebenan vernehmen.

Hoffentlich war jetzt in dem anderen Raum etwas mehr geheizt, als es noch vor dem Umbau gewesen war, der bisher lärmende Heizlüfter ließ das wenigstens erwarten.

Sie kippte den Rest des Kaffees herunter, warf den Becher zum Plastikmüll, legte die Decke zusammen und ging ihren Kolleginnen nach.

Die beiden Frauen vor ihr trugen warme Sachen und Handschuh! Sie selbst führte eine Gänsehaut spazieren!

Der schäbige Raum hatte sich in der Zwischenzeit in eine weiße Winterlandschaft verwandelt. Es sah fast so aus, wie die Frau vor wenigen Minuten den Platz ihres bald beginnenden Winterurlaubes beschrieben hatte.

Den Rest würde danach die Retusche und Nachbearbeitung des Filmes übernehmen.

„Melissa! Auf deine Markierung!", rief der Kameramann und sein Assistent zeigte auf das schwarze Kreuz am Boden.

Von der anderen Seite führte einer der Männer ein echtes Rentier ins Studio. Dem war sicher warm in seinem Fell, doch sie fror trotz Heizlüfter schrecklich in ihrem knappen Outfit.

Eine der Frauen kam mit dem Make-up zu ihr und zog bei dessen Auffrischung nicht einmal die dicken Fäustlinge aus.

„Also Melissa, du musst dem Rentier diese Möhre zum Fressen hinhalten und das Tier soll die anknabbern!", erklärte der Aufnahmeleiter ihr und hielt ihr eine ziemlich große Karotte vor die Nase.

Danach versuchte sie diese Absicht in die Tat umzusetzen, aber das Ren schien überhaupt kein Interesse an diesem Gemüse zu haben.

Alles, was auch immer sie versuchte, brachte ihr keinen Erfolg!

Entweder war das Tier satt, oder es war durch die Filmaufnahmen so sehr abgelenkt, dass es einfach immer nur den Kopf zur Seite drehte.

„Weiß jemand, ob Rentiere überhaupt Möhren fressen?", erkundigte sich Melissa ein paar Minuten später genervt bei den Männern.

Alle Anwesenden zuckten nur mit den Schultern.

„Muss es denn wirklich eine Möhre sein?", fragte sie ein Dutzend weiterer erfolgloser Versuche später nach.

„Ja, es muss! Du hast sie einem Schneemann abgenommen, dem diese Möhre bei deinem Anblick an einer besonderen Stelle gewachsen war!", las der Assistent des Kameramannes vom Storyboard vor.

„Wer denkt sich bloß solch einen Blödsinn aus?", hätte Melissa fast wütend gefragt, verkniff es sich aber gerade noch, denn sie brauchte die paar hundert Euro, sonst blieb der Ofen in den nächsten Tagen kalt!

„Verdammt! Du sollst die Möhre fressen!", schimpfte sie, weil das Rentier abermals den Kopf zur Seite drehte, als sie ihm die große Karotte ins Maul schieben wollte.

So langsam verlor sie die Nerven und der Heizlüfter traf mit seinem warmen Strahl auch nur die Männer.

In ein paar Minuten wäre ihre Haut blau und man würde sie wieder auftauen müssen!

„Kann man das schmatzende Rentier nicht hinterher nachsynchronisieren?", bat sie das Team und zitterte vor Kälte.

Irgendein Idiot hatte jetzt auch noch die Tür offen gelassen und ein kalter Hauch traf sie.

Das dichte Fell des Tieres wärmte dieses sicherlich gut durch, aber sie selbst fror gerade unsäglich.

„Kann mal jemand die Tür schließen, oder den Heizstrahler auf mich richten, oder mir eine Decke bringen?", maulte sie schließlich, als sie es nicht mehr aushielt.

„Weder noch! Mach einfach hin!", blaffte sie der Kameramann an, als ob es an ihr lag und sie in der letzten unendlich scheinenden Stunde nicht schon alles probiert hätte.

Innerlich fluchend wagte sie einen letzten Versuch.

Sie ließ sich vor dem Rentier auf die Knie fallen und bettelte den Hirsch an, von der Karotte zu probieren.

Schließlich stieß sie die Möhre verzweifelt nach oben und dies erschreckte das Tier wohl dermaßen, dass es vor ihr hochging und sich mit dem Geweih im Kabel eines Scheinwerfers verhedderte.

In seiner Abwärtsbewegung zog das Ren den Ausleger des Beleuchtungskranes hinter sich her, der schwenkte knarrend zu ihr herunter und traf sie dabei am Kopf.

Melissa spürte noch, wie sie abhob und davonflog, dann war alles schwarz.

2. Kapitel

Am Abend eines Herbsttages

*L*isa hockte im Bereitschaftszimmer, hatte den Kopf in eine Hand gestützt und blätterte mit der anderen durch das dicke Buch, das vor ihr auf dem Schreibtisch lag.

Jede freie Minute büffelte sie für die Facharztprüfung, die im nächsten Frühjahr eventuell für sie anstand. Danach würde sie in der Hierarchie des Krankenhauses ein kleines Stück nach oben klettern, aber bis dahin hieß es noch, jede sich bietende Gelegenheit zu nutzen.

Vor zwei Monaten war sie 26 geworden und wenn sie es nicht ganz vergeigen würde, so war der Weg in diesem Krankenhaus für sie bereits mit goldener Schrift auf den Boden des Flures geschrieben, denn ihr Vater war hier einst Chefarzt gewesen, bis zu seiner Pensionierung vor zwei Jahren.

Sein guter Ruf und sein Wissen hatten ihr ein paar Türen geöffnet und Steine aus dem Weg geräumt, aber auch für etwas Neid und Missgunst unter den Kollegen gesorgt.

Sie verstand sich aber mittlerweile so leidlich mit allen. Seltsamerweise allerdings besser mit den Schwestern und Pflegern, als mit den Ärzten und Kolleginnen.

Langsam wurde es draußen dunkel und ihre Bereitschaftszeit begann. Bis gerade eben hätte sie eigentlich ruhen sollen, damit sie jetzt topfit war, aber das ging eben nun mal nicht. Das hier war wichtiger!

Bisher war ihr alles gelungen, was sie sich vorgenommen hatte und momentan biss sie sich an einem wichtigen Thema beinahe die Zähne aus.

Das Telefon lag neben ihr. Sie würde nur einen Anruf brauchen und der Vater würde ihr sicherlich alles ganz genau erklären können, aber diese Blöße wollte sie sich vor ihm nicht geben, sie wollte es alleine schaffen!

Der Handywecker piepste, es war 17:00 Uhr und die Nachtbereitschaft begann.

Blieb nur zu hoffen, dass die Schicht ruhig werden würde.

Der Wetterbericht hatte Regen bei 12 Grad angekündigt. Zu warm, als dass sich dadurch Eis auf den Gehwegen bilden würde, einen Monat später sähe so etwas sicherlich ganz anders aus.

Vor einem Jahr hatte Blitzeis die Bürgersteige der Innenstadt binnen Minuten in Eislaufflächen verwandelt und ihr die Nacht mit den meisten Einsätzen seit Menschengedenken beschert.

Es klopfte und Schwester Carola schob den Kopf durch den Spalt der sich öffnenden Tür.

„Hallo Lisa, ich wollte dich gerade wecken, aber du bist ja schon auf. Hast du überhaupt geruht?", fragte die Stationsschwester sie und trat in den Raum.

„Ähm, ich konnte irgendwie nicht", log Lisa und klappte das dicke Buch zu.

„Soll ich dir einen Kaffee machen?", erkundigte sich Carola.

Lisa nickte und die Schwester eilte davon.

Das würde wieder ihre gemeinsame Arbeit, denn für diese Nacht waren sie beide der Notaufnahme zugeteilt und da wusste man im Vorfeld nie genau, wer oder was da als Nächstes durch die Tür getragen oder geschoben wurde.

„Showtime", seufzte Lisa, streckte sich und schob den Buchstapel in ihren Schrank, wobei sie es aber tunlichst vermied, die vielen bunten Zettel zwischen den Seiten zu verschieben, denn ohne diese kleinen Markierungen würde sie die interessanten Stellen niemals wieder finden.

Vater hätte sich bestimmt ein Blatt genommen und die Seiten markiert, aber sie wollte es eben anders haben.

Jedenfalls waren die Nächte, in denen sie mit Carola die ZNA verstärkte, jedes Mal ein Erlebnis! Die ein Jahr jüngere Schwester war wirklich taff, hatte in ihrer Arbeit hier praktisch schon alles gesehen und war dermaßen flink mit dem Mund, dass Lisa ihrer mitunter offen stehen blieb.

Auf dem Gang kam ihr Carola schon mit der Tasse entgegen und hielt ihr das Stethoskop hin.

„Die Patienten müssen doch sehen, dass du die Ärztin bist!", witzelte sie und schlang ihr blitzschnell den Schlauch des Hörgerätes um den Hals.

„Hast du den Gips schon eingerührt?", setzte Lisa ihr schmunzelnd entgegen, bevor sie den ersten Schluck von einem wirklich erstklassigen Kaffee nahm.

„Laut Wetterbericht bleibt der Gips heute im Topf, aber es ist Freitag und da kommen dann später die Partygänger und lassen sich kurieren!"

„Ist wirklich schon wieder Freitag?", fragte Lisa zurück.

Carola zog eine Augenbraue schelmisch hoch und nickte ihr zu.

„Welcher Monat ist gerade?", erwiderte sie.

„Ähm, November?", entgegnete Lisa nach einer gespielten Pause.

Carola hob schmunzelnd den Daumen.

Zusammen gingen sie die Treppe hinab und betraten den noch leeren Raum.

„He! Was ist denn hier los?", wunderte sich Carola und schaute sich zweifelnd um.

„Haben die in den letzten Tagen die Zentrale Notaufnahme verlegt und uns nichts davon gesagt?", setzte die Schwester noch hinzu.

Es war schon seltsam, diesen Raum hier so vorzufinden, denn normalerweise saßen hier immer schon einige mutmaßliche Patienten wartend herum.

Schwester Rita tauchte hinter ihrem Schalter auf und erklärte: „Hallo Carola, ich habe die ganzen Simulanten jetzt aus dem Hause gejagt. Das hält man doch im Kopf nicht aus, was hier für Leute auftauchen und es für eine super Idee halten, sich am Freitagabend noch schnell ein paar Tabletten zu holen!"

„Gut gemacht, Rita, wir sind deine Ablösung. Wo ist dein Arzt?", antwortete Carola und trat zum Schalter.

„Der ist gerade mit dem letzten wirklichen Patienten beschäftigt, aber das dauert sicher nicht mehr lange!", entgegnete Rita und schob ihrer Kollegin das Buch herüber.

„Deine Schicht!", setzte sie noch hinzu und warf demonstrativ ihr getragenes Haarnetz in den Mülleimer.

„Schönes Wochenende", gab Carola ihr zurück.

„Schön wäre es, ich muss morgen wieder ran!", seufzte Rita und schlich den Gang hinauf zu den Umkleideräumen.

„Das bist du in zehn Jahren", sagte Lisa und zeigte auf die Frau.

Carola verdrehte die Augen und stöhnte: „Bloß nicht, aber falls ich hier irgendwann meinen Humor verliere, dann sicherlich, doch da sei der Gott der Medizinmänner davor!"

Die Tür des Behandlungsraumes öffnete sich, Doktor Schneider, ein älterer Arzt aus der Neurologie trat mit seinem Patienten auf den Gang und übergab dem Mann ein Rezept, bevor er ihn verabschiedete.

„Eh, Schätzchen, kriege ich keinen Krankenwagen für die Heimfahrt?", fragte der etwas angetrunkene Patient, lehnte sich über den Tresen und versuchte dabei Carolas Hand zu erwischen.

„Draußen stehen Taxis, die lieben es, wenn du denen das Fahrzeug vollkotzt. Unsere RTWs bleiben hier!", schnauzte Carola den Mann an und zeigte auf die Tür.

Die rüde Ansprache half und der Kerl verzog sich ohne ein Wort nach draußen.

Kopfschüttelnd blickte die Schwester dem Manne nach und setzte noch leise hinzu: „Besoffene Männer, die uns betatschen und Schätzchen nennen, mögen wir hier am liebsten. Und wenn die dann noch wirklich handgreiflich werden, dann gehen wir so richtig ab, dass es nur so raucht! Da bleibt kein Höschen trocken!"

Doktor Schneider beachtete Carola gar nicht, sondern trat direkt zu ihr. „Frau Kollegin, jetzt dürfen sie!", bemerkte er und schlurfte müde einfach hinter Rita her.

Kaum war er oben verschwunden, da fuhr auch schon der erste Rettungswagen mit Blaulicht vor.

„Es geht los!", erklärte Carola und blickte zur Uhr.

Der Abend hatte noch nicht mal richtig begonnen.

Zwei Sanitäter brachten eine bewusstlose Frau auf einer Trage in den Raum gerollt und Lisa ging zu ihnen hinüber.

Schnell wurden die Daten der Patientin ausgetauscht und es schien sogar ein echter Notfall zu sein!

3. Kapitel

Winter im Märchenwald

Melissa schlug die Augen auf und sah einen blauen Himmel mit kleinen weißen Wolken über sich. Sie spürte nichts und brauchte einen Augenblick, bis ihr der letzte wache Moment wieder einfiel. Das war der Scheinwerfer und das Geweih des Rentieres gewesen, dann der Flug, aber wieso lag sie unter freiem Himmel? Und weswegen war der nicht so grau und verregnet, wie er sich ihr in den letzten Tagen immer in seiner ganzen Trostlosigkeit präsentiert hatte?

War das hier ein Traum? Oder jenes schmerzhafte Zusammentreffen mit dem Ren, das keine Möhre wollte?

Es sah rund um sie herum wirklich zauberhaft aus, fast wie im Märchen, aber war das hier real?

Melissa fasste sich an den Kopf und spürte einen Schmerz, der augenblicklich durch ihren ganzen Körper raste.

Mitten auf ihrer Stirn, zwischen den Augenbrauen und ein wenig darüber, befand sich eine Beule, die in ihren Ausmaßen jedes Einhorn hätte neidisch werden lassen.

Doch wenn die Beule real war, dann war der Treffer des Beleuchtungskranes jedenfalls kein Traum gewesen.

Und wenn sie den Schmerz spürte, dann wäre das hier auch kein Traum.

Aber wo befand sie sich?

Und warum war der Schmerz gerade eben das einzige, was sie momentan fühlte?

Sie lag doch lang ausgestreckt auf dem Rücken, allerdings war auch weiterhin vom Untergrund nichts zu bemerken!

Schwebte sie etwa irgendwo?

Mühsam richtete sie sich auf, bis sie saß, dann schaute sie sich um.

Es war eine schneebedeckte Wiese, die sich ihr präsentierte, an deren Rand ringsum Bäume zu sehen waren. Kahle Laubbäume und einige wenige Nadelbäume mit dicken Hauben aus Schnee.

Sie selbst trug noch immer die rote Unterwäsche, die Zipfelmütze und die roten Lackstiefel.

Sonst nichts!

Doch warum spürte sie nichts?

Weder den Untergrund noch die sicherlich strenge Kälte, denn wo es so viel Schnee gab, da musste es doch auch deutlich unter null Grad sein!

Und Schnee gab es hier zu Unmengen, denn sitzend reichte er ihr bis zur Taille!

Mit der Hand fasste sie in die verschneite Schönheit und fühlte nichts dabei!

War die weiße und im Sonnenlicht glitzernde Pracht nur eine Einbildung? Und wo war die Fabrik, in welcher der Dreh doch stattgefunden hatte?

Waren das hier möglicherweise nur eine weitere Kulisse und das ganze Kunstschnee?

Allerdings sah das alles für ein Filmset viel zu perfekt aus und sie war hier völlig allein! Wo war das Team und die Kamera?

Das passte gerade alles nicht so wirklich zusammen!

Eine Erklärung ihrer Oma fiel ihr jetzt wieder ein. Vor vielen Jahren hatte die Großmutter ihr mal erzählt, dass man beim Erfrieren zuerst das Gefühl verlor, woher die alte Frau das auch immer wissen konnte, doch augenblicklich sauste die Angst vor dem Tode durch ihren Leib.

Sie wollte noch nicht sterben!

Melissa sprang auf und im selben Moment spürte sie die beißende Kälte und die durch das Liegen im Schnee klamme Unterwäsche auf der nackten Haut.

Wohin sollte sie jetzt rennen?

Sie schlang die Arme um sich und blickte sich verzweifelt suchend um.

Die schneebedeckte Wiese hatte einen Durchmesser von etwas mehr wie hundert Metern und war kreisrund, mit ihr als exakter Mittelpunkt! In jede Richtung war es damit gleich weit, was ihr die Entscheidung ungemein erschwerte, aber hinter der Lichtung stieg ein Berghang auf einer Seite etwas an.

Es war kein großer Berg, wie er eventuell in den Alpen zu finden wäre, sondern mehr ein kleiner von Bäumen bedeckter Hügel, wie sie diese noch aus der Erinnerung an Kindertage im Erzgebirge kannte.

Die Richtung bergauf wäre sicherlich falsch, aber was war mit den anderen drei Fluchtmöglichkeiten?

Suchend und mittlerweile vor Kälte bibbernd schaute sie ratlos in jeden der drei noch verbliebenen Auswege, für ein Anzeichen dafür, dass sich der Weg dorthin lohnen würde, denn Melissa wusste tief in sich, dass ihr nur ein einziger Versuch blieb, eine rettende Unterkunft zu finden!

Bei einer fehlerhaften Entscheidung würde sie den nächsten Tag wohl kaum noch erleben!

„Wohin nur?", sagte sie laut vor sich hin, als sie an ihrer rechten Seite eine dünne Rauchsäule bemerkte.

„Kein Feuer ohne Rauch", hatte der Vater immer gesagt.

Und mit Feuer würde es dort auch Wärme geben!

Also eilte sie dem Rauch entgegen, so schnell es der knietiefe Schnee nur zuließ.

Es war mehr als mühsam und Melissa schnaufte bereits, als sie den Waldrand erreicht hatte, aber die Bewegung erwärmte sie gleichzeitig auch wieder etwas. Und im Wald war der Wind nicht mehr ganz so kalt.

Allerdings war es durch die Bäume schwierig, den richtigen Weg zu halten.

Alle paar Schritte drehte sie sich daher um, damit sie so lief, dass ihre Spur hinter ihr eine relativ gerade Linie bildete.

Gerade bedankte sie sich im Geiste bei ihrem Großvater, der ihr das einst auf einer Wanderung erklärt hatte, denn momentan rettete dieses Wissen ihr wohl soeben das Leben!

Dennoch war es ziemlich beschwerlich, das kleine Waldstück zu durchqueren.

Endlich hatte sie den anderen Waldrand erreicht und blickte keuchend von der Anstrengung auf ein wirklich idyllisch aussehendes Tal hinab. Das erinnerte sie nur noch mehr an den einzigen Urlaub ihrer Kindheit im Erzgebirge. So in etwa hatte das damals ausgesehen, aber der wieder einsetzende beißende Frost zwang sie, sich von diesem Anblick loszureißen.

Etwa einen Kilometer von ihr entfernt, etwas unterhalb ihrer Position am Hang, befand sich eine kleine fast völlig von Schnee bedeckte Hütte und aus deren Schornstein stieg dieser so verführerische Rauch auf, der ihr Wärme und somit auch Überleben versprach.

Mit riesengroßen Schritten hetzte sie den Berghang hinab und rutschte plötzlich aus, der

Länge nach glitt sie ein geraumes Stück über die eiskalte Fläche abwärts, kam wieder auf die Füße und hastete weiter.

Sie lief um ihr Leben, aber die rettende Hütte kam nicht wirklich näher!

Schnaufend und keuchend eilte Melissa hangabwärts, aber sie spürte dabei auch, wie die Kraft sie langsam verließ.

„Komm schon! Halte durch!", trieb sie sich selbst an.

Ihre Schritte wurden jedoch mit jedem zurückgelegten Meter immer unsicherer und sie taumelte jetzt bereits mehr, als dass sie noch rannte.

Schließlich waren es nur noch etwa fünfzig Meter und die letzten Schritte waren die reinste Hölle, wenn man mal davon absah, dass es eben bitterkalt und nicht siedend heiß war.

Melissa lief nicht mehr, sie taumelte und stürzte mehr, als dass sie geordnet auf den Beinen unterwegs war.

Und der Untergrund, den sie durch den Schnee nicht erkennen konnte, war offensichtlich auch noch so uneben, dass es ihr unmöglich war, die rettende Hütte zu erreichen.

Sie raffte die letzten ihr noch verbliebenen Kräfte zusammen, stolperte zu der Tür und drückte auf die Klinke, doch die Pforte war verschlossen.

Verzweifelt hämmerte sie mit beiden Fäusten gegen das Holz. Wo waren die Bewohner, die da drin das Feuer angemacht hatten?

Einen Meter vor dem rettenden Ofen, nur durch diese dünne Holzplatte vom Leben getrennt, brach Melissa verzweifelt in die Knie.

Sie wollte schreien, aber es kam kein Ton mehr aus ihre Kehle.

Endlich öffnete sich vor ihr die Hüttentür, eine Frau packte sie am Handgelenk und zog sie über die Schwelle in das Haus hinein.

Die fremde Helferin schleifte sie über das Holz einer alten Dielung und Melissa fiel in sich zusammen.

Gerettet!

4. Kapitel

Schneewittchen oder Dornröschen?

Über ihre Patientin gebeugt kümmerte sich Lisa jetzt um die Frau, die ihr die beiden Rettungssanitäter gerade in den Behandlungsraum geschoben hatten.

Bleich war sie und bis zum Halse in eine Decke des RTWs gewickelt. Noch zeigte die Frau keinerlei Regungen und Lisa prüfte mit der Lampe die Pupillenreaktion, die aber ziemlich stark verzögert war.

„Was hat sie?", fragte Carola, die jetzt zu ihr in den Raum trat.

„Nach Aussage der Sanis hat sie etwas am Kopf getroffen. Ein Kranausleger oder so etwas. Sie muss dann etwa fünf Meter durch die Luft geflogen sein und hat seitdem das Bewusstsein noch nicht wiedererlangt", erklärte Lisa, ohne dabei von ihrer Patientin aufzusehen.

„Ich muss sie erst mal gründlich untersuchen", setzte sie fort und zog die Decke zur Seite.

Die Frau trug darunter nur eine rote Unterwäsche und ein paar gleichfarbige halbhohe Schnürstiefel.

„Hatte sie sonst nichts dabei?", erkundigte sich Carola und blickte sich um.

„Eine Handtasche und eine rote Zipfelmütze", erklärte Lisa und zeigte zur Seite, wo beides auf einem Tisch lag.

„Aus dem Ruder gelaufene Betriebsweihnachtsfeier im November oder Escortservice mit sonderbaren Spielchen?", entgegnete Carola zweifelnd.

„Weder noch. Sie hat wohl einen Werbespot für Weihnachten gedreht, als sie unsanft von den Füßen gerissen worden ist", erwiderte Lisa.

„Die Unterwäsche ist zumindest erstklassig!", stellte Carola mit einem Blick auf das Etikett fest und seufzte: „So etwas kann ich mir von meinem Gehalt nicht leisten!"

„Für wen solltest du auch so was anziehen?", antwortete Lisa ihr augenzwinkernd.

„Na danke für die Blumen! Du trägst doch aber auch nur Schlüpfer vom Discounter! Ich habe das erst gestern gesehen!", konterte Carola schlagfertig.

„Lara ist das völlig egal und mir auch!", antwortete Lisa und konzentrierte sich wieder auf die vor ihr liegende Frau.

„Kannst du mal messen, ob sie Fieber hat?", bat Lisa die Schwester.

Carola nickte, holte das Thermometer und hielt den Sensor an das Ohr der Frau. Eine Sekunde später piepste das Gerät und Carola pfiff.

„Was?"

„Sie hat kein Fieber, sondern eher das Gegenteil!", erklärte die Schwester und drehte ihr das Display zu.

„33 Grad?", fragte Lisa nach, als ob sie den Beweis nicht schwarz auf Grün vor sich haben würde.

„Die spinnen doch, diese Werbefritzen! Wenn der Kran sie nicht erwischt hätte, dann wäre sie vermutlich zwei Minuten später sowieso mit einer Unterkühlung zusammengeklappt!", fuhr es wütend aus Carola heraus.

„Sie hat eine ziemliche Beule auf der Stirn, das müssen wir unbedingt erst prüfen lassen. Was meinst du? Zuerst MRT und dann Aufwärmen?", befragte Lisa die erfahrene Schwester.

„Soll das eine Fangfrage sein? Wir bringen sie erst mal auf Betriebstemperatur und vielleicht klärt sich danach der Rest von selbst. Bei 33 Grad würde ich auch in den Tiefschlaf fallen und vor Weihnachten nicht mehr aufwachen!", entgegnete Carola und legte das Thermometer zurück.

„Ich würde sie gern nach oben auf die Innere schicken. Wer ist denn jetzt draußen?"

„Jennifer und Gundula von der Orthopädie und ein Arzt aus der Anästhesie", erwiderte Carola.

„Kannst du den Arzt mal holen?", bat Lisa und Carola ging nach draußen.

„Hallo, Frau Kollegin, was kann ich für sie tun? Ach, Lisa, du bist das", sagte der Arzt, als er in den Behandlungsraum trat.

Lisa blickt über die Schulter zurück, wer sie hier beim Vornamen nennen durfte.

Es war Doktor Brauermann, ein alter Freund ihres Vaters und auch ein guter Bekannter von ihr. Als Kind hatte sie mit seiner Tochter gespielt und war öfters bei ihm in der Wohnung gewesen.

„Hallo Dieter, ich habe hier eine komplizierte Sache. Die Frau ist stark unterkühlt und wurde von einem Scheinwerfer am Kopf getroffen. Ich muss sie erst mal auf die Innere verlegen lassen!"

„Ok, warum machst du das nicht selbst? Ich habe das hier unten im Griff!", erklärte er.

„Wirklich?", fragte Lisa nach.

„He! Ich habe das hier schon mit deinem Vater gemacht, da war der Begriff Zentrale Notaufnahme noch nicht erfunden und du noch nicht geboren!", erklärte er schmunzelnd.

„Alles klar, danke dir", antwortete Lisa.

„Falls du eventuell noch operieren musst, dann bin ich bei dir am Gashahn. Ein Anruf genügt und ich bin da. Dann kann ich endlich vor diesen Verrückten fliehen!", bemerkte er.

„Und nimm Carola mit, die macht mir meine Schwestern nervös!", setzte er noch hinzu, als Carola zurück in den Raum trat.

Der Arzt ging und erhielt einen giftigen Blick von Carola, als er an ihr vorüber war.

„Irgendwie sieht sie aus, wie Dornröschen. Schwarzhaarig wie Ebenholz, eine Haut, so bleich wie Schnee und Unterwäsche, so rot wie Blut!", zählte Lisa auf und strich der Frau über die kalte Wange.

„Du meinst Schneewittchen, Dornröschen geht anders", verbesserte Carola sie.

„War das die, die hundert Jahre geschlafen hatte? Meine Eltern haben mir keine Märchen vorgelesen, nur die Namen von sämtlichen menschlichen Knochen in Latein, bis ich in den Tiefschlaf gefallen bin."

„Dornröschen war die Schläferin, Schneewittchen war diejenige, die mit den sieben Zwergen rumgemacht hat und der bösen Stiefmutter. A- propos Stiefmutter, hat sie eventuell Verwandte, die wir benachrichtigen müssen?"

„Ihre Kollegen haben den Sanis gesagt, dass sie keine Angehörigen hat!", erklärte Lisa ihr.

„Wir sollten jetzt aber hinmachen! Hier unten wird sie nicht wärmer!", drängelte Carola augenblicklich.

„Das Bad oben in der Inneren ist doch heute frei. Oder?", fragte Lisa nach.

„Wenn sich nicht gerade eine Ärztin ein duftendes Schaumbad einlässt", entgegnete die Schwester mit einem Augenzwinkern.

„He! Das war nur ein einziges Mal und ich hatte einen Wasserrohrbruch in meiner Woh-

nung!", verteidigte sich Lisa gegen den scherz-
haften Angriff.

„Na dann los!", setzte Lisa noch hinzu und
packte ihre Patientin wieder in die wärmende
Decke ein.

Zu zweit schoben sie die Pritsche zum Fahr-
stuhl.

Im Vorraum der Notaufnahme trennte der alte
und erfahrene Arzt gerade ziemlich resolut die
Simulanten von den leichten Fällen und wurde
dabei tatkräftig von einem Arzt aus der Kardiolo-
gie unterstützt.

„Ach, sieh an, Ramona ist auch wieder da",
entfuhr es Carola im Vorbeigehen.

„Ja, wie üblich", entgegnete Lisa und musste
schmunzeln.

Jeder hier in der ZNA kannte die junge Frau,
die gerade wieder mal lautstark einen Ultraschall
verlangte, weil sie am Nachmittag Sex gehabt
hatte.

„Sie ist ja noch jung und lernt es auch noch!
Irgendwann!", seufzte Carola und die Türen des
Liftes schlossen sich hinter ihnen.

Aufwärts ging es.

5. Kapitel

Traum oder Wirklichkeit?

Eine Tasse in der Hand haltend hockte Melissa auf der Ofenbank. Jetzt trug sie einen warmen Rollkragenpulli, eine Jogginghose und hatte dicke Strümpfe aus Schafwolle an den Füßen, allerdings dazu keine Unterwäsche, denn die musste gerade trocknen.

Den Rücken gegen einen wohlig warmen Kachelofen gedrückt hatte sie erst jetzt Zeit, sich ihre Retterin genauer anzusehen.

Die Frau war genauso groß wie sie und hatte langes schwarzes Haar, das sie in einem strengen Zopf geflochten trug. Diesen hatte sie über die Schulter nach vorn gezogen, wo er ihr fast bis auf den Bund einer ziemlich ausgewaschenen Bluejeans fiel. Diese Haartracht machte sie älter, aber vermutlich war sie auch genauso alt, wie sie selbst.

„Danke!", sagte Melissa und trank einen neuen Schluck von diesem wundervollen Kräutertee.

„Was machst du denn da draußen in solch einer Aufmachung?", fragte die Frau und zeigte auf die Unterwäsche, die gerade neben ihr am Ofen dampfte.

Melissa zuckte nur mit den Schultern.

Nur langsam kam die Wärme zurück in ihren Körper und taute damit wohl auch ihr Gehirn gemächlich auf.

„Du hättest da draußen erfrieren können", setzte die andere Frau fort und schüttelte missbilligend über solch einen Leichtsinn den Kopf.

Neben Melissa lag eine schwarz weiß gefleckte Perserkatze auf der Ofenbank und hatte sich dort schnurrend zusammengerollt. Die Fellnase liebte die Wärme dieses Platzes offenbar genauso, wie es Melissa gerade tat.

Dieser Ofen und der ganze behagliche Raum erinnerten sie nur noch mehr an die Besuche bei der Großmutter in der Kindheit. Da hatte auch solch ein grünes Kachelmonster in der Ecke der guten Stube gestanden und es war ihr damals der liebste Platz der ganzen Jugend gewesen.

„Ach übrigens, ich bin Melissa", erklärte sie schließlich und hielt der anderen Frau die Hand hin.

„Elisabeth", entgegnete diese und brachte noch einmal die Kanne mit dem heißen Tee. Der wärmte sie zusätzlich durch.

„Wo bin ich hier eigentlich?", erkundigte sie sich bei Elisabeth.

„In einer Hütte am Rande des Erzgebirges", entgegnete diese ihr und zog dabei fragend die Augenbrauen hoch.

„Und wie komme ich hier her?"

„Durch die Tür?", antwortete Elisabeth und sah sie dabei so zweifelnd an.

Das bedurfte jetzt wohl einer weiteren Erklärung, bevor die Frau sie eventuell wieder aus der Hütte warf.

„Ich bin irgendwie verwirrt. Ich habe an einem Dreh zu einem Werbespot teilgenommen, aber das war mehr als hundert Kilometer von hier entfernt!"

„Für alles gibt es eine logische Erklärung", bemerkte Elisabeth und setzte noch hinzu: „Ich habe mir die Sauna heiß gemacht und wollte gerade die Kräuter für den Aufguss holen, als du geklopft hast. Fünf Minuten später und du wärst vor meiner Haustür erfroren! Möchtest du da auch mit rein? Das wärmt deinen Körper so richtig auf!"

„Wenn ich darf", entgegnete Melissa und schob alle anderen Gedanken erst einmal zurück.

„Ok, warte mal", begann Elisabeth und nahm ihre Hand, fühlte den Puls und prüfte die Atmung.

„Bist du Ärztin?", erkundigte sich Melissa.

„Heilpraktikerin und Massagetherapeutin. Zumindest einen sehr großen Teil des Jahres. Fühlst du dich gut?"

„Ja, meine Beine zittern noch etwas, aber sonst haben der heiße Tee und die Wärme des Ofens schon geholfen. Danke dir."

„Also das kommt vom schnellen Lauf, ansonsten bist du ziemlich fit. Du machst wohl sehr viel Sport. Oder?", antwortete Elisabeth.

Melissa nickte und erhob sich von der angenehmen Ofenbank.

„Du musst aber nicht. Wenn du magst, dann kannst du auch Lara Gesellschaft leisten", bemerkte Elisabeth.

„Nein, alles gut. Ich denke mal, ein Aufenthalt in einer Sauna wäre jetzt genau das richtige, um mich noch mehr aufzuwärmen."

„Es ist zwar nicht so geräumig darin. Eine kann liegen oder zwei sitzen, aber eine Stunde in dem heißen Dampfbad und danach kurz mit Schnee abreiben werden dir sicher guttun und deine Lebensgeister zurückholen!", entgegnete Elisabeth und nahm ihr die Tasse ab.

Mit der anderen Frau ging sie nach hinten, wo Elisabeth einen Schrank öffnete und zwei große weiße Handtücher herausholten. Die Frau legte ihre Kleidung ab, hüllte sich in das eine Tuch, dass sie sich über der Brust verknotete und schob eine Tür auf.

Melissas Blick fiel in einen kleinen, aber gemütlichen Saunaraum, der genau die richtige Größe für zwei zu haben schien.

Schnell warf sie ebenfalls die Kleidung ab, hüllte sich in das Tuch und war mit zwei Schritten an einer Bank aus Kiefernholz, die schön warm war. Dort setzte sie sich hin, Elisabeth holte die Kräuter und machte den Aufguss, bevor sie sich neben sie setzte und eine Zeitschaltuhr einstellte, die entfernt an eine Küchenuhr erinnerte.

Durch ein kleines Fenster fiel Licht in den Raum und man konnte in den Schnee hinaussehen.

In ein paar Dutzend Schritten Entfernung begann schon der Waldrand und es war hier richtig märchenhaft.

Melissa lehnte sich zurück, schloss die Augen und versuchte sich irgendwie zu erinnern, ob ihr noch etwas zu ihrer seltsamen Ankunft hier im Wald einfiel, aber da war nur ein großes schwarzes Loch.

Die Fabrik, der Hirsch, der Treffer mit dem Scheinwerfer am Kopf, dann Dunkelheit und nur Sekunden später war sie da auf dieser mit Schnee bedeckten Lichtung im Wald gewesen.

Das war alles mehr als seltsam. Oder träumte sie das alles nur?

Sie zuckte zusammen, schlug die Augen auf, aber noch immer befand sie sich in der Sauna und die andere Frau saß mit geschlossenen Augen neben ihr.

Das war also kein Traum und die Hitze war wirklich real, aber was konnte das bedeuten? Und sie musste unbedingt auch noch auf ihrer Arbeit anrufen. Zwar nicht sofort, weil ja sicherlich erst Samstag war, aber ganz sicher noch vor dem

Montag, denn wie sollte sie von hier aus pünktlich zurück in die Stadt kommen?

„Hast du ein Telefon, damit ich mich bei einer Bekannten melden kann?", fragte sie.

Elisabeth schlug die Augen auf, schüttelte den Kopf und antwortete: „Kein Handy, kein Strom und auch sonst nichts, was mir den Aufenthalt hier in irgendeiner Form vermiesen könnte, aber unten im Dorf gibt es eine Telefonzelle. Du müsstest dazu allerdings etwa eine Stunde durch den Schnee laufen und das würde dich im Moment sicherlich überfordern."

„Dann reicht das sicherlich auch, wenn ich mich morgen bei ihr melde. Könnte ich vielleicht für diese Nacht erst mal bei dir unterkommen?", fragte Melissa, denn eine Stunde durch den Schnee bis ins Dorf wollte sie gerade wirklich nicht auf sich nehmen.

Mal davon abgesehen, dass sie eigentlich keine Sachen, kein Geld und auch sonst nichts besaß, was sie für einen Aufenthalt in einer Pension oder die Rückfahrt in die Stadt benötigen würde.

Und sie hatte auch keine Freunde, die sie mit dem Auto hier hätten abholen können.

Nur Tamara, die im Büro den Schreibtisch neben ihr hatte und bei der sie sich dann später melden wollte.

6. Kapitel

Schwestern im Geiste

$\mathcal{M}$it geübten Handgriffen zogen sie die bewusstlose Frau aus, was allerdings ziemlich schnell ging, da sie ja nicht viel Kleidung am Leibe hatte.

Während das warme Wasser in die Wanne lief, begutachtete Carola die Qualität der Unterwäsche jetzt noch einmal gründlicher.

„Die hat genau deine Konfektionsgröße! Möchtest du mal probieren?", fragte die Schwester sie und hielt ihr den BH hin.

„Was weißt du denn von meiner Größe?", entgegnete Lisa verwundert.

„Na du hast mir doch den Ersatzschlüssel von deinem Schrank in der Umkleide gegeben!"

„Damit ich einen Ersatz habe, falls ich den mal wieder verbummle. Nicht dafür, dass du in meiner Unterwäsche stöberst!", entfuhr es Lisa und sie stütze die Hände in die Hüften.

„Also? Möchtest du?", erwiderte Carola ungerührt und hielt ihr das rote Stoffstück vor die Nase.

„Damit du noch mehr gegen mich in der Hand hast? Nein, danke!", antwortete Lisa und setzte noch hinzu: „Was hast du also in meinem Schrank gesucht?"

„Eine Anregung für mein Weihnachtsgeschenk für dich", gab ihr Carola grinsend zurück.

„Na mir schwant dabei böses!"

„Meinst du, sie kann sich daran erinnern, dass sie die getragen hat?", erkundigte sich Carola schmunzelnd.

Jetzt war die Wanne voll und sie hoben die Frau an.

„Die ist aber leicht! Sie wiegt sicher keine sechzig Kilo!", stellte Carola fest.

„Sie ist ein Modell, da achtet man auf sein Gewicht", erwiderte Lisa und sie ließen die Frau vorsichtig ins Wasser.

„Aber sie ist Unterwäschemodel, da sollte man doch auch ein paar Kurven haben. Oder?", äußerte Carola und sie sahen beide auf die nackte Frau herunter.

Sie war wirklich wunderschön und die langen Locken rahmten ein zauberhaftes Gesicht ein. Kein Wunder, dass sie Model geworden war.

„Also ich finde sie so in Ordnung!"

„Na, ich weiß ja nicht!"

„Gerade eben hast du gesagt, dass wir dieselbe Größe haben!", stellte Lisa fest.

Carola schmunzelte nur und wandte sich von ihr ab.

Jetzt mussten sie eine Weile warten, bis das warme Wasser die Frau wieder erwärmt haben würde.

❧ ❧

Mittlerweile lag die Frau schon fast eine Stunde zum Aufwärmen in der großen Badewanne, war aber noch immer nicht wieder erwacht.

Lisa sorgte sich mit jeder weiteren Minute nur noch mehr um ihre Patientin und steckte jetzt Carola mit ihrer Nervosität offenbar auch noch an, denn die sonst so souveräne Schwester hatte momentan so einen gehetzten Blick.

„Jetzt hat sie Normaltemperatur!", erklärte Carola schließlich nach einer Kontrollmessung.

„Hallo, Frau Müller, hören sie mich?", fragte Lisa, doch die Frau blieb regungslos.

„Wir brauchen ein großes Blutbild und ein MRT vom Kopf!", legte Lisa fest und zeigte auf die geschwollene Stelle auf der Stirn von Frau Müller.

„Den Zugang lege ich gleich, jetzt geht das ja. Zuvor hätte ich bei ihr sicherlich keine Vene gefunden", entgegnete Carola.

„Ich kümmere mich mal, ob ich aus den Akten was über sie erfahren kann, was Allergien und Vorerkrankungen betrifft und du machst bitte im Labor etwas druck!"

„Jawohl, Chefin", antwortete Carola jetzt wieder souverän und salutierte zwinkernd.

Mit geübter schwesterlicher Erfahrung war das Blut flugs im Röhrchen und Carola eilte unverzüglich damit los.

Unterdessen angelte sich Lisa die Karte der Krankenkasse aus der Geldbörse ihrer Patientin und schob diese in den Computer, sie blieb aber neben der Wanne sitzen, damit die bewusstlose Frau nicht darin ertrank.

Aus dem Augenwinkel kontrollierte sie die Daten auf dem Bildschirm und hatte Glück, denn offenbar gab es hier eine komplette Krankenakte von Frau Müller.

Es klopfte und sie rief: „Herein!"

Eine junge Schwester, an dem rosa Kittel als Lernschwester zu erkennen, trat schüchtern in den Raum.

„Frau Doktor Thiess, Carola schickt mich, um ihnen zu helfen", sagte sie.

Lisa suchte das Namensschild und entgegnete dann: „Schwester Barbara, das ist gut. Bringen sie Handtücher, warme Sachen, ein Bett und die Frau braucht auch noch ein Zimmer!"

„Ist alles schon vorbereitet!", antwortete Barbara und schob die Tür ein Stück weiter auf, damit Lisa sehen konnte, dass ein Bett mit den gewünschten Sachen bereits im Gang vor dem Zimmer stand.

Carola war wirklich auf Zack!

„Dann rein damit! Wir müssen sie aus der Wanne heben, ich halte sie und sie trocknen sie ab!", erklärte Lisa.

Barbara nickte, schob das Bett mit den Sachen herein und zusammen hoben sie die schlaffe Frau aus der Wanne.

Die junge Schwester stellte sich dabei gar nicht mal so schlecht an.

„Erstes Lehrjahr?", fragte Lisa.

Barbara nickte.

„Sie machen das ganz prima und sie müssen nicht alles gleich können!", lobte sie die junge Frau, die dabei so wunderschöne rote Wangen bekam.

Dann lag die Frau, angezogen mit einem OP-Hemd und dicken Strümpfen, endlich in ihrem Bett.

„Welches Zimmer?", erkundigte sich Lisa.

„Die 308. Es ist ein Einzelzimmer und ich habe weisungsgemäß die Heizung auf die fünf gedreht. In ein paar Minuten sollte es dort richtig bullig warm sein!", entgegnete Barbara.

„Danke schön. Alles gut! Bringen sie dann bitte noch die andere Liege wieder runter in die ZNA. Den Rest mache ich dann gleich mit Carola!", antwortete Lisa und schickte die junge Frau wieder aus dem Zimmer.

Jetzt hatte sie etwas mehr Zeit für die Akte der Frau.

„Melissa Müller", las sie laut vor und verglich das Bild mit der Frau.

Im letzten Jahr hatte sie eine OP hier in der Uniklinik gehabt und daher gab es die komplette Anamnese.

Keine Allergien und wirklich keine Angehörigen, aber sie hatte im letzten Jahr sicher etwa zehn Kilo abgenommen!

Carola trat in den Raum und sagte: „MRT Termin in etwa dreißig Minuten, dann sollten auch die Laborergebnisse da sein!"

Lisa nickte und bemerkte: „Als Schwester bist du echt eine coole Sau!"

„Danke, gleichfalls", antwortete Carola schmunzelnd.

„Nein, ehrlich! Ich habe mir früher immer so eine Schwester gewünscht, bin aber leider ein Einzelkind geblieben!"

„Jetzt hast du eine! Man sollte also immer mit seinen Wünschen vorsichtig sein. Manchmal werden die dann doch irgendwie erfüllt! Jetzt sind wir eben Schwestern im Geiste!", erklärte Carola schmunzelnd und blickte über ihre Schulter auf den Monitor.

„Sie hat nicht nur dieselbe Größe wie du, sie ist auch noch am selben Tag geboren!", erklärte die Schwester kurz darauf und zeigte auf das Geburtsdatum am oberen Rand, das ihr bisher nicht aufgefallen war.

„Stimmt!", pflichtete Lisa ihr bei und klappte die Registerkarte auf. „Hier, im selben Krankenhaus und etwa eine Stunde nach mir!", stellte sie jetzt laut fest und zeigte auf die alte Akte, die sich gerade vor ihnen auf dem Monitor zeigte.

„Dann hattet ihr damals schon eine heiße Nacht zusammen!", witzelte Carola und blickte auf ihre Uhr.

„Wenn wir nicht zu spät zum MRT kommen wollen, dann müssen wir jetzt aber rennen!", trieb die Schwester sie an.

Gemeinsam stürzten sie davor, Carola zog das Bett und Lisa schob.

Zum Glück war in dieser Nacht in den oberen Gängen nicht viel los, denn bremsen hätten sie vermutlich bei ihrer Eile nicht mehr gekonnt!

Vermutlich war noch nie ein Bett so schnell unterwegs gewesen, wie dieses hier.

7. Kapitel

Heiß und kalt

Ihr lief der Schweiß in Strömen den Rücken herab. War ihr vor ein paar Minuten noch kalt, so saß sie jetzt, Seite an Seite mit Elisabeth, auf der Holzbank in der Kabine des Schwitzbades und das wärmte sie so richtig gut durch.

Allerdings war die Kabine nicht sehr groß und daher saßen sie etwas beengt, doch das hatte Elisabeth ihr gegenüber bereits erwähnt.

Alleine hätte die Frau hier drin auf der Bank liegen können und offenbar hatte sie den Raum auch genau so groß machen lassen, dass dies gehen würde. Und keinen Zentimeter mehr.

Zu zweit saßen sie praktisch auf Tuchfühlung nebeneinander, wenn da noch ein Tuch zwischen ihnen gewesen wäre, aber so berührten sich ihre Ellenbogen.

Auch weiterhin grübelte sie, wie sie wohl hier in diese Gegend gekommen war, aber zumindest war sie noch am Leben.

Oder war wirklich alles nur eine Illusion?

Doch konnte sich ein Traum so real anfühlen?

Sie spürte die Hitze des Ofens und hatte sich kurz die Finger verbrannt, als sie zum Test die heiße Verkleidung berührt hatte.

Bisher war kein Traum jemals so gewesen und hätte sie dabei nicht durch den Schmerz aufwachen müssen?

Nur noch mehr Fragen drängten sich durch ihren Kopf.

„Und jetzt noch ein Aufguss mit Eukalyptusblättern, wenn du magst?", fragte Elisabeth sie. „Die machen den Hals frei, sind aber nicht jedermanns Sache. Oder jederfrau!", setzte sie noch schmunzelnd hinzu.

„Warum nicht? Ich kann ja im Notfall flüchten", entgegnete Melissa ihr.

„Na dann!", erklärte Elisabeth, erhob sich und holte die Schüssel aus dem Vorraum.

Eine Sekunde später strömten die ätherischen Dämpfe durch den Raum und es verschlug ihr dabei fast den Atem, aber die machten wirklich die Nase frei!

„Und jetzt raus", rief Elisabeth keine fünf Minuten später, riss die Tür auf und stürzte in den Vorraum, wo sie das Handtuch fallen ließ und nackt durch die Hütte lief.

Melissa folgte ihr, bis sie kurz darauf neben Elisabeth im Schnee vor der Hütte stand, wo sie sich selbst und danach auch gegenseitig mit Schnee einrieben.

Der Unterschied zwischen der Hitze in der Sauna und der Kälte danach war einfach herrlich und sie wusste ja, dass sie gleich wieder in der Hütte am warmen Kachelofen sitzen konnte.

Schließlich gingen sie wieder zurück und trockneten sich ab. Elisabeth reichte ihr danach die Sachen, allerdings wieder nicht mit Unterwäsche.

Melissa schaute zu den immer noch feuchten roten Dessous, die am Ofen hingen.

„Soll ich dir auch was von meiner Leibwäsche geben?", fragte Elisabeth sie, die sicher ihren prüfenden Blick bemerkt hatte.

Melissa nickte und wenig später drückte Elisabeth ihr auch einen BH und einen Slip in die Hand.

Die Wäsche passte perfekt, denn alles an ihnen beiden war gleich, aber Elisabeth war nicht so gut durchtrainiert, wie sie.

Als Melissa wieder in die Küche trat, fiel ihr Blick aus dem Fenster auf den Hang, an dessen unterem Ende das Dorf mit den ersten Häusern begann.

Elisabeth hatte ihr gesagt, dass der Weg dorthin sicher eine Stunde dauern würde. Im Sommer waren es vermutlich keine fünfzehn Minuten, aber jetzt konnte das durchaus stimmen.

Zumindest hatte sie gerade keine Lust, diese Entfernung zu überwinden, um Elisabeths Schätzung zu überprüfen.

Der heiße Kräutertee, der schon dampfend in zwei Tassen auf der Tischplatte stand, war im Moment viel verlockender, als die glitzernde Schneefläche da draußen, zumal Melissa am

Thermometer vor dem Fenster sehen konnte, dass da draußen gerade zwölf Grad unter null waren!

Mit der heißen Teetasse in der Hand starrte sie allerdings auch weiterhin nach draußen.

„Was ist los?", erkundigte Elisabeth sich daher wohl auch bei ihr.

„Ich denke immer noch darüber nach, wie ich hierher gekommen bin!"

Elisabeth trat neben sie.

Erneut bemerkte sie den fragenden Blick der anderen Frau und so setzte Melissa erklärend fort: „Stell dir einfach vor, du bist hier, schließt deine Augen und wenn du sie wieder aufmachst, dann bist du an der Ostsee. Einfach nur so! So geht es mir gerade!"

„Und du täuschst dich nicht?", fragte Elisabeth zurück.

„Ich habe schon geprüft, ob ich das eventuell nur träume, aber", begann Melissa und hob die beiden Finger ihrer rechten Hand, als wollte sie darauf schwören, doch sie wollte Elisabeth nur zeigen, dass sie sich die Fingerspitzen wirklich verbrannt hatte.

„Wenn es ein Traum gewesen wäre, dann hätte ich doch dabei aufwachen müssen. Oder?", erklärte sie seufzend und schaute sich ihre roten Fingerkuppen an.

Elisabeth setzte sich auf einen Stuhl, sah in ihre Tasse und entgegnete nach einer Weile: „Ich habe da auch keine Erklärung dafür, aber ich habe mal in einem Buch gelesen, dass es viele Parallelwelten geben soll. Vielleicht bist du durch den Schlag aus deiner Welt in diese hier geschleudert worden?" Danach hob Elisabeth den Blick und schaute sie fragend an.

„Das wäre eine Eventualität, allerdings macht es das für mich nicht einfacher!", erwiderte Melissa und setzte sich zu ihr an den Tisch.

Neue Gedanken sausten durch ihren Kopf.

Konnte das wirklich sein?

Scheinbar, doch das warf nur noch unendlich viele weitere Ungewissheiten auf und um sich davon abzulenken, fragte sie einfach: „Und was machst du so?"

„Ich bin Heilpraktikerin und Massagetherapeutin, das habe ich dir ja schon gesagt."

„Ok, aber hier?", entgegnete Melissa und blickte aus dem Fenster.

„Hier bin ich nur ein paar Wochen im Jahr. Sonst arbeite ich manchmal zwölf oder mehr Stunden am Tage, aber Mitte November breche ich alle Zelte hinter mir ab, verkrieche mich hier und bleibe bis in den Januar!"

„Und das geht? So ganz ohne Strom und Telefon?", erkundigte sich Melissa zweifelnd.

„Wie du siehst! Ich habe eine Taschenlampe mit Kurbel und ein Radio, das man ebenfalls erst aufziehen muss. Zehn Minuten an der Kurbel drehen, damit man eine halbe Stunde lang der Musik lauschen kann!", antwortete Elisabeth.

„Lass mal hören", forderte Melissa sie jetzt auf, weil sie mehr über diese Realität erfahren wollte, wenn es denn wirklich eine andere war!

Elisabeth nahm ein kleines Radio vom Sideboard, drehte an der Kurbel und ein Lied dudelte los. Es war ein alter Schlager, den sie noch von den Urlauben bei der Großmutter kannte.

„Ich wohne hier am Rande des Erzgebirges. Ich kann mit dem kleinen Ding nur zwei Sender empfangen, der eine spielt alte Schlager und der andere ganz alte!", erklärte Elisabeth verschmitzt, weil sie wohl ihren fragenden Blick bemerkt hatte.

„Weißt du, alles hier erinnert mich an die vielen Ferien in meine Kindheit", bemerkte Melissa versonnen und nahm noch einen Schluck von dem himmlischen Tee.

Sogar der schmeckte so, wie jener aus ihrer Erinnerung.

Noch immer glaubte sie nicht an Elisabeths Theorie von der Parallelwelt.

Möglicherweise war es eine andere Art von Traum, ausgelöst durch den heftigen Schlag!

Und dennoch war es hier sehr schön!

8. Kapitel

Katz und Maus

*D*ie Visite näherte sich bereits deutlich hörbar auf dem Gang diesem Krankenzimmer und damit endete wohl in ein paar Minuten auch ihre Schicht.

Gähnend saß Lisa am Bett ihrer immer noch bewusstlosen Patientin und rief sich soeben alle Erkenntnisse der Nacht in ihr Gedächtnis.

Bis auf Frau Müllers Behandlung war die Nacht für sie relativ ruhig gewesen und Carola hatte sich mit ihr zusammen an diesem Bett abgewechselt.

Die ZNA hatte kein Verlangen nach ihrer Hilfe gehabt und in dem Zimmer war es noch immer richtig bullig warm. Eine Tropennacht im November. Es fehlten nur die Palmen!

Abermals gähnend erhob sich Lisa von ihrem Hocker, streckte sich ausgiebig und drehte danach die Heizung zurück.

Wegen der Hitze hatte sie den Kittel auf das Bett gelegt und nur im T-Shirt und Slip die Wache übernommen, was wohl nicht wirklich die korrekte Anzugsordnung für eine Ärztin der Uniklinik war, aber bei fast dreißig Grad Raumtemperatur war es einfach nicht anders gegangen.

Lisa zog sich die Hose an und schlüpfte in ihre Schuhe, dabei fiel ihr Blick auf die rote Unterwäsche, die Carola mehr als demonstrativ auf dem Tisch daneben drapiert hatte.

Neugierig trat sie an das Möbelstück heran und hob das Bustier an. Es war wirklich eine exklusive Ware und nach dem Etikett direkt aus Paris! Und wie immer hatte Carola recht damit, dass es genau ihre Größe war.

Vor dem Zimmerspiegel hielt sie sich das Stoffstück an und musste dabei lächeln, denn wenn Carola sie jetzt so erwischen würde, dann hätte die freche Schwester wirklich was gegen sie in der Hand, denn die Wäsche eine Patientin zu tragen stand schließlich nicht in ihrer Stellenbeschreibung!

Schnell räumte sie die Sachen in den Schrank, warf sich den Kittel über und hatte gerade den letzten Knopf geschlossen, als die Abordnung der Ärzte mit zwei Schwestern den Raum flutete.

Professor Doktor Blume führte die Delegation an und fragte sofort nach den Details.

Kurz fasste Lisa alles zusammen: „Eine junge Frau, 26 Jahre alt, nach einer Unterkühlung und einem Treffer am Kopf seit gestern Abend, etwa 17:00 Uhr, ohne Bewusstsein. Wir haben sie wieder erwärmt, das MRT war unauffällig, aber noch ist keine Besserung ihres Zustandes eingetreten!"

Der Professor nickte und wollte schon wieder gehen, offenbar trieb ihn die Wärme aus dem

Raume, doch Chris, ihre Ablösung, schob sich jetzt nach vorn und wollte sich wohl vor dem Chefarzt profilieren.

„Könnte nicht auch eine Hirnschwellung die Ursache dafür sein, dass sie nicht aufwacht?", fragte er.

„Die Bilder liefern da keinen Hinweis darauf", erklärte Lisa und zeigte ihm die Aufnahmen des MRT aus der Nacht.

„Aber die Aufnahmen sind Stunden alt. Könnte sich da nicht ein Hämatom gebildet haben?", bohrte Chris nach.

„Dafür besteht kein Verdacht. Ich tippe eher auf Mangelernährung und völlige Erschöpfung als Ursache!", verteidigte Lisa jetzt ihre Patientin, denn sie vermutete andere Beweggründe in den Behauptungen ihres Kollegen.

„Aber der Schlag hat vermutlich ihren präfrontalen Cortex stark in Mitleidenschaft gezogen!", setzte er nach.

„Lieber Herr Kollege, die Patientin hat keine Beeinträchtigung des Arbeitsgedächtnisses. Oder hat Schwierigkeiten mit der Planung und Organisation ihres alltäglichen Lebens, sie wacht einfach nicht auf! Und das ist sicherlich eine Folge von einseitiger oder mangelhafter Ernährung und zu viel Stress in ihrer Arbeit!", entgegnete sie und sah, dass der Professor verschmitzt lächelte.

„Sie wiegt nur noch knapp 56 kg bei 172. Im letzten Jahr hat sie mehr als zehn Kilo abgenom-

56

men. Sie hat meine Größe und ich wiege, ähm, sehr viel mehr und das, obwohl ich mich praktisch von Kaffee und Keksen ernähre. Schauen sie sich doch die Werte des Labors an!", belehrte sie ihren forschen Kollegen und schob ihm das Tablett mit den Laborwerten zu.

Ganz offensichtlich wollte Chris seinem Operationskatalog noch schnell eine Hirnoperation hinzufügen, damit er bei der Vergabe der nächsten Stelle einen kleinen Vorteil ihr gegenüber hatte.

„Aber wenn sie wollen, dann machen wir jetzt gleich noch ein neues MRT!", setzte sie noch hinzu.

„Das wird vorerst nicht nötig sein! Wir werden sie weiter beobachten und wenn sich ihr Zustand verändert, können wir immer noch eine Entscheidung treffen!", erklärte der Chefarzt und schob die versammelte Menge an medizinischem Fachpersonals wieder aus dem Raum.

Nur Chris und Carola blieben mit ihr zusammen in dem Zimmer.

Auch weiterhin versuchte Chris sie zu überreden, doch sie stritt vehement mit ihm und Carola sprang ihr sofort bei.

Und bei so viel wild entschlossener Weiblichkeit musste sich auch Chris schließlich ihrem Willen beugen.

Missmutig gab er ihr das Tablett zurück, zuckte mit den Schultern und ging.

„Gekämpft, wie eine Löwin!", äußerte Carola, als die Tür hinter Chris ins Schloss gefallen war.

„Eher wie meine Lara, gegen eine ihrer Spielzeugmäuse!", entgegnete Lisa und trat noch einmal zu ihrer immer noch schlafenden Patientin. Behutsam strich sie ihr über die Wange.

„Warum wachst du bloß nicht auf?", fragte sie jetzt leise.

„Lass sie einfach schlafen. Wir beide haben jetzt Feierabend und vielleicht ist sie heute Abend ja schon wieder wach!", bemerkte Carola und trat zum Schrank.

Die Schwester öffnete die Tür und betrachtete den Inhalt des Schrankes.

„Und du hast wirklich nicht probiert?", erkundigte sie sich schmunzelnd und hielt das rote Bustier hoch.

Lisa schüttelte den Kopf, aber irgendwie konnte sie nicht vermeiden, dass ihr beim Gedanken daran das Blut in den Kopf stieg.

„Wusste ich es doch", erklärte Carola, grinste sie an und hängte das winzige Stoffstück zurück.

„Wo wir gerade bei Lara waren, Frau Müller lebt ja alleine. Könnte es da nicht sein, dass auch sie eine Katze hat und sich gerade keiner um sie kümmert?", entgegnete Lisa, um von ihrer Verfehlung abzulenken.

„Möglich! Und wir sollten eventuell für Frau Müller Sachen holen lassen, denn so können wir sie in ein paar Tagen nicht entlassen!", entgegne-

58

te Carola und zeigte auf den spärlichen Inhalt des Kleiderschrankes.

„Aber jetzt habe ich erst mal Dienstende und mein Bett schreit schon ziemlich laut nach mir!", setzte sie fort und gähnte geräuschvoll.

Gemeinsam verließen sie das Zimmer und gingen zum Umkleideraum.

„Ich würde gern noch mal bei ihr vorbeischauen, ob da nicht wirklich eine Katze etwas braucht! Und dabei könnte ich auch gleich die Sachen holen! Kommst du mit?", fragte Lisa ihre Kollegin.

„Wenn du mich danach bei mir zu Hause absetzt!"

„Das liegt ja auf meinem Weg!", erklärte Lisa und rannte noch einmal zum Krankenzimmer, um den Wohnungsschlüssel und die Adresse zu holen.

Als sie wieder zurück im Umkleideraum war, hatte Carola sich schon umgezogen. Offenbar drängelte die Freundin jetzt, denn die nächste Schicht kam schon bald.

9. Kapitel

Neue Chancen?

*L*angsam senkten sich der Abend und damit auch die Dunkelheit auf die kleine Hütte herab. Elisabeth hatte eine Kerze entzündet, die soeben auf dem Tisch zwischen ihnen stand.

Seit zwei Stunden saßen sie jetzt schon hier, das Radio dudelte diese alten Hits aus der Jugendzeit ihrer Großmutter und Melissa grübelte ununterbrochen.

Auch weiterhin war sie noch nicht viel schlauer geworden, warum es sie gerade in diese einsame Hütte verschlagen hatte und nicht zu irgendeinem fernen tropischen Ziel, dass sie sich früher in ihren Träumen so oft gewünscht hatte. So mit Palmen, Sandstand, kalten Drinks und heißen südländischen Rhythmen.

Sie suchte danach, was es zu bedeuten hatte.

Zwei Optionen waren nach all dem nutzlosen Grübeln in ihrem Kopf: Entweder war das hier wirklich ein besonderer Traum, oder es war eine andere Wirklichkeit, in die sie durch den Unfall geschleudert worden war.

Aber in beiden Fällen bot sich ihr allerdings auch die Chance dafür, hier alles anders zu machen, als sie es bisher getan hatte.

Zumindest für die Zeit, bis sie erwachen oder in ihre eigene Welt geworfen werden würde.

Das Licht der Kerze jedenfalls war schön und beruhigte sie zugleich.

Ihr Magen knurrte überlaut.

Elisabeth blickte auf, klappte ihr Buch zu und sagte: „Hilfst du mir beim Abendessen?"

„Ja, selbstverständlich gern", entgegnete sie und erhob sich von ihrem Platz.

Hand in Hand ging die Arbeit ganz schnell, wobei es nur Brot, Käse, Butter und erneut einen dieser besonderen Tees gab.

„Die Blätter dafür habe ich selbst gesammelt und getrocknet", erklärte Elisabeth, auf ihre Rückfrage hin, stolz.

Nach dem einfachen, aber sehr schmackhaften Abendessen wuschen sie noch zusammen ab.

Es gab fließendes Wasser aus dem Hahn, allerdings nur kalt. Eine eiserne Kanne auf dem heißen Herd sorgte für das Waschwasser.

Erneut fühlte sich Melissa um Jahrzehnte zurückversetzt. Fast erwartete sie jetzt, dass die Großmutter in den Raum trat und sie mit den alten Worten wieder ins Bett schicken würde, die sie damals jeden Abend gebraucht hatte.

Alles fühlte sich so anheimelnd und schön an, davon wollte sie noch viel mehr haben. Warum hatte sie das all die Zeit nicht mehr gehabt?

„Ich müsste mal auf die Toilette", äußerte sie schließlich, als ein dringendes Bedürfnis sich meldete und der Tee wieder nach draußen wollte.

„Die ist eigentlich außerhalb der Hütte", begann Elisabeth.

Melissa hatte sofort wieder das Bild von Omas alten Plumpsklo im Kopf, dann setzte Elisabeth fort: „Neben der Sauna gibt es eine Tür und dahinter steht so ein chemisches Trockenklo, wie man es beim Camping benutzt!"

Elisabeth holte die Taschenlampe, drehte an der Kurbel und gab ihr die Leuchte mit.

Das war hier alles ziemlich rustikal, aber nicht ohne Charme und Elisabeths Erklärung fiel ihr wieder ein. Für die Frau war es sicherlich so eine Art von Rückzug vor der schweren Arbeit da draußen, denn ohne ständig nervendes Telefon war man eben mal für ein paar Wochen einfach nicht erreichbar.

Ihr eigenes Handy lag zu Hause immer griffbereit, denn man wusste ja nicht, ob sich nicht ein lukrativer Job auftun würde.

Das stresste ihre Seele vermutlich doch ganz schön und jetzt erst bemerkte sie dies. Es war wohl so etwas, wie Entzugserscheinungen.

Auf dem Klo sitzend fiel ihr erst so richtig auf, wie ruhig es hier war. Man hätte eine Haarnadel zu Boden fallen hören, wenn es hier eine gegeben hätte.

Selbst das leise Radio war nicht zu hören, nur das Geräusch der Kurbel störte gelegentlich die Ruhe, weil sie ein paar Mal daran drehen musste, damit sie hier etwas Licht hatte.

Und dieser Klang war überdurchschnittlich laut, denn nicht mal Wind war hier zu hören, einfach nichts!

Da war das Schnurren der Katze, das mit einem Mal unvermittelt einsetzte, wie ein Dröhnen in den Ohren und erschreckte sie dadurch.

Die kleine Perserkatze blickte um die Ecke und das Licht der Taschenlampe ließ ihre Augen wie Scheinwerfer erstrahlen.

„Na, du?", fragte sie die Katze.

Lara setzte sich vor sie hin und blickte zu ihr auf. Auch die Großmutter hatte einst eine Katze, aber eine ganz normale Hauskatze und gerade suchte Melissa in ihrer Erinnerung nach dem Namen jenes Streuners, der ihr damals in den Nächten oft etwas vorgeschnurrt hatte.

„Peterle", sagte sie schließlich laut, als ihr der Name des Katers aus ihrer Kindheit wieder eingefallen war.

„Was meinst du?", hörte sie Elisabeth wie aus der Ferne fragen.

Schritte kamen näher und schließlich stand die Frau mit der Kerze in der Hand vor ihr, während sie noch mit heruntergelassenen Hosen auf der Toilette saß.

„Peterle, das war der Namen des Katers, den meine Großmutter früher gehabt hatte. Hier erinnert mich so viel an sie", erklärte Melissa.

„Mich erinnert hier auch viel an meine Oma, aber das ist ja auch normal. Schließlich war das hier ihr Haus. Sie war eine Kräuterfrau und hat mir viel von dem beigebracht, was sie von ihren Vorfahren gelernt hatte", erklärte Elisabeth und es schien ihr nicht das Geringste auszumachen, dass sie hier mit nacktem Hintern vor ihr saß.

„Ähm, ich bin fertig", sagte Melissa schließlich, als sie nach einer Weile immer noch nicht gehen wollte.

„Oh, entschuldige. Mein Fehler. Ich habe hier noch nie einen Gast gehabt!", erwiderte Elisabeth, schnappte sich die Katze und ging.

Zwei Minuten später folgte Melissa ihr.

Elisabeth saß im Kerzenlicht am Ofen und kraulte ihre Katze, die sie auf dem Schoß festhielt.

„Was machst du hier am Abend so?", fragte Melissa.

„Lesen, träumen oder mit Lara spielen", antwortete Elisabeth.

„Ist das nicht ziemlich langweilig für ein paar Wochen?"

„Was meinst du, Lara?", fragte Elisabeth ihre Katze und diese miaute daraufhin ziemlich lautstark.

„Alles klar. Was hast du zu lesen?", entgegnete Melissa lächelnd.

Elisabeth zeigte auf ein Regal an der Wand, das fast eine ganze Seite der Hütte einnahm.

Mit der Taschenlampe trat Melissa an die Wand aus Büchern und sah darunter auch einige, die ihr bekannt waren. Kinderbücher, Bücher, die sie in ihrer Jugendzeit regelrecht verschlungen hatte, Liebesromane und auch ein paar wissenschaftliche Publikationen waren der Größe nach nebeneinander aufgestellt.

Während Elisabeth Wasser für einen neuen Tee heiß machte, zog Melissa eines der Werke heraus und schlug es auf. Es befanden sich kleine Gedichte darin und sie setzte sich damit an den Tisch, wobei es etwas schwierig war, mit der Kerze zu lesen.

Das entschleunigte hier alles ungemein, aber momentan war sie wohl noch nicht wirklich dazu bereit, denn sie legte das Büchlein nach nur drei Seiten wieder zur Seite.

Der Tee kam und von ihrem Platz aus konnte sie das Tal sehen, mit den Lichtern der Häuser da unten. Es war ziemlich weit und sie waren hier die einzigen Menschen.

Elisabeth zog sich einen dicken Wälzer aus dem Regal, setzte sich und schlug das Buch auf.

In ihren Lesestoff vertieft interessierte sie sich nicht mehr für sie und das war völlig in Ordnung, denn schließlich war das hier ihre Hütte.

Schweigend saßen sie am Tisch und nur die Katze war gelegentlich zu vernehmen, oder wenn Elisabeth eine Seite in ihrem Roman umblätterte.

„Wie machen wir das mit den Schlafgelegenheiten? Ich habe die Eckbank und ein sehr großes Bett", begann Elisabeth sehr viel später.

„Wenn es dir nichts ausmacht, dann könnten wir uns das Bett teilen?", setzte sie noch hinzu.

„Das klingt gut", entgegnete Melissa, die nicht auf der harten Bank schlafen wollte, denn die sah ziemlich unbequem aus.

Elisabeth legte das Buch fort, setzte Wasser zum Waschen auf und zeigte ihr das Schlafzimmer.

Das war bäuerlich eingerichtet und schien gemütlich zu sein.

10. Kapitel

Im Palast der Schneekönigin

*D*er kleine rote Wagen brummte auf, als Lisa den Motor startete. Carola hatte sich umständlich auf den Beifahrersitz gequetscht, aber die Schwester kannte ja ihr Auto nur zu gut.

„Du könntest dir mal ein größeres Fahrzeug anschaffen!", stöhnte sie, weil sie in dem beengten Raum nicht wirklich viel Platz hatte, obwohl Lisa ein paar Zentimeter größer war, als Carola.

„Wozu sollte ich mir ein großes Auto holen? So wie das da etwa?", erwiderte Lisa und zeigte auf einen Sportflitzer, der auf dem Parkplatz neben ihr stand und wohl einem der anderen Ärzte gehörte.

„Da drin ist ja noch weniger Platz!", gab Carola zurück.

„Aha! Warst du da schon mal drin?", entgegnete Lisa.

„Ähm, ja, und es hat mir wirklich keinen Spaß gemacht!", entgegnete Carola kleinlaut.

Das war etwas, was Lisa von ihr nicht gewohnt war, aber sie ließ es, tiefer nachzubohren.

Langsam rollte sie vom Platz und bog auf die momentan ziemlich stark befahrene Hauptstraße ab.

Es waren nur ein paar Minuten, bis sie die Adresse erreichen würden. Zumindest dann, wenn sie hätten fahren können, aber sie krochen mit dem Strom des Berufsverkehrs dahin.

„Mit dem Bus wäre ich schon zu Hause!", maulte Carola neben ihr.

„Wir sind gleich da!", erklärte Lisa und bog in die Nebenstraße ab.

Noch einmal verglich sie die Adresse und parkte vor einem ziemlich schmucken Gebäude.

Carola war sichtbar froh, aussteigen zu dürfen, blickte an dem Haus hoch und pfiff bewundernd.

„Wenn ich mal im Lotto gewinne, dann möchte ich auch hier wohnen!", seufzte die Schwester.

„Das ist das Nobelviertel der Stadt! Alle Berühmtheiten wollen sich hier niederlassen!", entgegnete Lisa und zeigte auf den Briefkasten, an dem die Namen von ein paar Musikern und sonstigen bekannten Persönlichkeiten des öffentlichen Lebens angeschrieben waren.

Der Schlüssel passte, sie stiegen in den Lift und fuhren bis ganz nach oben. Penthaus, was hätte es auch sonst für eine Wohnung für ein Model sein sollen!

Gemeinsam betraten sie das Appartement und Carola stöhnte auf: „Oh! Mein! Gott!"

Diese Wohnung war gigantisch groß und ein atemberaubender Blick auf die Dächer der Stadt und einen kleinen Park bot sich ihnen durch eine riesige und völlig verglaste Front in der Stube.

„Das ist ja ein Palast!", seufzte Carola und trat in den Raum.

„Ähm", gab sie eine Minute später von sich.

„Was ist?", fragte Lisa zurück.

„Hier drin ist es kälter, als draußen. Oder täusche ich mich?"

„Das kommt mir auch gerade so vor", antwortete Lisa, schaute sich um und setzte noch hinzu: „Und es scheint nicht wirklich bewohnt zu sein. Oder?"

„Du hast recht! Irgendwie wandern wir gerade von den Gebrüdern Grimm zu Hans Christian Andersen. Wir befinden uns im Palast der Schneekönigin!"

„Und wir sind Anna und Elsa?", entgegnete Lisa.

Carola schüttelte nur den Kopf. „Wie hast du denn nur dein Studium geschafft?"

„Mit Auszeichnung und Bestnote! Warum?"

„Ich sagte Schneekönigin, nicht Eiskönigin!", seufzte Carola.

„Aber ich mag das Musical lieber, als das Märchen! Und Elsa und Anna passt da gerade besser, als Gerda und Kai!", gab sie der Freundin schmunzelnd zurück und dabei begann sie die ersten Takte des Liedes von Elsa zu trällern.

„Gott sei Dank bist du Ärztin geworden und keine Sängerin!", erklärte Carola grinsend.

„Für unter der Dusche reicht es völlig aus! Aber jetzt lass uns anfangen", erwiderte Lisa und blickte sich um.

„Also Katzen oder andere Tiere gibt es hier vermutlich nicht! Hier würden höchstens Pinguine überleben! Und dafür sieht das hier viel zu ordentlich aus! Was brauchen wir?", erkundigte sich Lisa.

„Wäsche, ein Nachthemd, Zahnbürste und halt all das, was man für ein paar Tage im Krankenhaus so benötigt!", antwortete Carola und zeigte auf das Badezimmer, dessen Tür weit offen stand.

Zusammen betraten sie ein luxuriöses, aber ebenfalls ziemlich kaltes Bad.

„Zumindest weiß ich jetzt, warum sie die Unterkühlung so locker weggesteckt hat! Sie war im Training! Das ist der reinste Eiskeller!", seufzte Carola.

Lisa hob ein Badethermometer an und zeigte ihrer Kollegin die Anzeige.

„Acht Grad!", entgegnete diese und schlug sich demonstrativ die Arme um die Schultern, obwohl sie ja noch einen Anorak trug.

„Das sieht alles ziemlich unbewohnt aus, aber der Schlüssel hat gepasst und diese Adresse stand in ihrem Ausweis!", bemerkte Lisa, als sie sich im Bad umblickte.

„Eventuell gibt es noch ein zweites Bad?", erwiderte Carola.

„Lass uns mal weitersuchen", antwortete Lisa und sie verließen diese Kühlkammer wieder.

„Diese Wohnung ist größer, als unsere beiden zusammen!", stellte Carola fest, als sie durch die Räume schlenderten.

Offensichtlich wohnte hier aber wirklich keiner, oder Frau Müller war nicht sehr oft hier.

Am Ende des Flures lag links ein kleines Zimmer und diesem gegenüber befand sich ein winziges Bad. Beide Zimmer hatten Normaltemperatur und waren somit wohl auch der Wohnbereich ihrer Patientin.

Hier war das Bett frisch bezogen und gemacht, Bilder standen auf einer Kommode und im Schrank hingen die Sachen, die sie gesucht hatten.

„Dieses Apartment hat mehr als hundertfünfzig Quadratmeter und sie wohnt auf etwa sechzehn?", fragte Carola und blickte sich in dem gemütlichen Zimmer um, das aber ziemlich beengt war.

„Die Modeljobs werfen wohl dann doch nicht so viel ab, wie ich vermutet habe!", setzte sie noch hinzu und erklärte: „Ich habe mich mal im Internetz informiert. Die rote Unterwäsche kostet in etwa so viel, wie ich in zwei Wochen für meine Lebensmittel ausgebe!"

„Die Kleidung ist eventuell nur für den Spot ausgeborgt und sie spart sich offenbar die Heizkosten, indem sie wirklich nur die zwei kleinsten

Räume der Wohnung für sich warm macht!", entgegnete Lisa und trat zur Kommode.

„Mit kurzen Haaren sieht sie dir noch ähnlicher!", stellte Carola fest und hob eines der Bilder hoch.

Mit dem Porträt und einem Blick in den Spiegel kam auch Lisa das jetzt so vor.

„Und du hast recht mit deiner Vermutung! Ihre restliche Unterwäsche ist wirklich nichts besonders!", setzte Carola noch hinzu, die gerade eine der Schubladen öffnete und einen Baumwollschlüpfer hervorzog.

„Komm! Lass uns zusammenpacken und dann gehen! Wir haben Feierabend und sollten hier nicht stundenlang in einer fremden Wohnung sein!", trieb Lisa jetzt ihre Freundin an und stellte das Bild zurück.

In Windeseile packten sie jetzt in eine Tasche, was Carola vorgeschlagen hatte und verließen nach ein paar Minuten diesen Palast der Schneekönigin wieder.

Beim Verschließen der Tür summte Lisa die Titelmelodie ihres Lieblingszeichentrickfilmes und Carola quittierte das schmunzelnd.

11. Kapitel

Mit sich im Reinen?

*E*in leises Geräusch weckte Melissa wieder auf. Sie öffnete die Augen und brauchte einen Moment, um zu begreifen, wo sie sich befand.

Ein dünner Streifen Licht fiel in den Raum und holte ihr schemenhaft alles aus der Dunkelheit. Es war immer noch die kleine Schlafstube mit dem breiten Bett, in das sie sich am Abend hatte fallen lassen.

Damit konnte das hier schon mal kein Traum sein, denn da erwachte man selten dort, wo man zuvor eingeschlafen war, sondern meist in den eigenen Federn!

Melissa schaute sich um und das Lager neben ihr war leer. Sie selbst war noch bis fast zur Nasenspitze zugedeckt und das mollige Federbett hatte sie gut warm gehalten.

Das leise Geräusch kam aus der Küche und sie konnte es nur hören, weil die Tür der Kammer einen winzigen Spalt weit offen stand.

Am Abend zuvor hatte Elisabeth ihr noch ein altes, aber sehr schönes T-Shirt als Nachthemd gegeben und gerade fand Melissa nichts daran, dass sie hier mit der anderen Frau in einem Bett

geschlafen hatte. Das war wie damals im Ferien-
lager gewesen.

Gähnend streckte sie sich und setzte sich auf.

Lara lag immer noch auf ihrem Platz über
dem Kopfkissen des anderen Bettes. Die Katze
hatte diese Schlafposition noch vor ihr einge-
nommen und in den letzten Stunden offenbar
auch nicht mehr verlassen.

Schnurrend schnarchte das Kätzchen und
machte keinerlei Anstalten, sich von diesem Platz
erheben zu wollen.

Aber sie zog ein dringendes Bedürfnis nach
draußen, denn die vielen Tassen dieses wundervollen Tees am Abend zuvor wollten jetzt wieder
ans Tageslicht und somit schob sie notgedrungen
die Bettdecke zur Seite.

Auf nackten Sohlen ging sie über die hölzer-
nen Dielen und die fühlten sich angenehm warm
an.

In der eigenen Wohnung waren die Fliesen
mitunter am Morgen so kalt, dass sie hüpfend und
auf Zehenspitzen in das Bad rennen musste.

Mit dem T-Shirt, das ihr bis auf die Ober-
schenkel fiel, trat sie durch die knarrende Kam-
mertür nach draußen.

„Oh, du bist schon wach? Habe ich dich geweckt?", fragte Elisabeth, die ebenfalls nur spär-
lich bekleidet in der Küche soeben Wasser auf
den Herd gesetzt hatte.

„Nein. Guten Morgen, ich muss mal auf die Toilette!", antwortete Melissa.

Elisabeth nickte und drückte ihr die Taschenlampe in die Hand.

Eilig verzog sie sich in Richtung Sauna, aber die hinteren Räume der Hütte waren noch nicht warm. In dem dünnen Hemd und sonst nichts auf der Haut war es gar nicht so angenehm, halbnackt auf dem kalten Toilettensitz zu hocken.

Daher ging es auch ungewohnt schnell, dass sie fertig und wieder auf dem Weg zurück zur geheizten Küche war.

Der Wasserkessel begrüßte sie dort mit einem flöten, dass sie ebenfalls an den Pfeifkessel der Großmutter erinnerte.

Elisabeth goss Kaffee auf, was sie bisher nicht getan hatte. Am Tage zuvor hatte es nur Tee gegeben. Offenbar gab es den Kaffee nur zum Frühstück.

„Willst du dich erst noch waschen und anziehen? Oder setzt du dich auch einfach gern so an den Kaffeetisch, wie ich es jeden Morgen mache?", erkundigte Elisabeth sich bei ihr.

Es war ziemlich warm hier, weil ja der Herd die kleine Küche gut erwärmt hatte.

Ohne ihr zu antworten, setzte sich Melissa in Slip und T-Shirt auf den Stuhl und bekam sofort Brot, Butter, Wurst, Käse und Kaffee vor sich hin gestellt.

Elisabeth hockte sich danach zu ihr auf den anderen Platz und fragte: „Hast du gut geschlafen?", bevor sie sich ihre Tasse griff.

„Ja, danke. Es war einfach großartig! Zu Hause liegt immer mein Handy auf dem Nachttisch und da bekomme ich auch nachts gelegentlich eine Nachricht!", begann sie.

„Das kenne ich auch nur zu gut! Zehn Monate im Jahr geht es mir genauso! Der Stress, die Arbeit und die Anspannung, aber hier ist alles so wundervoll einfach!", erwiderte Elisabeth und blickte aus dem Fenster, vor dem jetzt der Hang im ersten Licht des neuen Tages erstrahlt, denn der Schnee reflektierte einen faszinierenden Sonnenaufgang.

„Ich würde heute in das Dorf hinuntergehen, um dir einen Mantel und feste Schuhe zu besorgen. Ich habe nur eine Jacke hier und du willst doch sicherlich auch mal raus. Oder?", erkundigte sich Elisabeth und biss in ihre Stulle.

„Das wäre toll, aber ich habe kein Geld", antwortete Melissa.

Die andere Frau winkte nur kauend ab.

Eine Stunde später waren sie beide gewaschen und angezogen, Elisabeth verabschiedete sich und verließ dick in einen warmen Anorak eingehüllt die Hütte.

Damit hatte Melissa jetzt etwas mehr wie zwei Stunden Zeit, um alleine in der Stube über alles nachzudenken.

Vor allem über die Frau, die hier so selbstlos alles mit ihr teilte. Haus, Bett, Essen und jetzt auch noch ihr Geld.

Sie dachte dabei auch an sich selbst. Wie würde sie wohl reagieren, wenn ein wildfremder Mensch an ihre Türe klopfen würde und in ihre Wohnung kam?

Vermutlich viel anders, als es Elisabeth bisher völlig selbstlos tat!

Mit Lara setzte sie sich auf die Ofenbank und schaute vor sich hin.

Elisabeth war vermutlich völlig mit sich im Reinen. Und wie ging es ihr? Sinnierend ließ sie ihr tägliches Leben vor sich dahinziehen: den Job im Büro, die Aufträge als Model und den Rest ihrer traurigen Existenz.

Wann hatte sie eigentlich aufgehört, zu leben?

Mit dem Betrug durch den Freund? Mit dem Tode der Eltern? Eigentlich schon Jahre zuvor!

Genau zu dem Zeitpunkt, als die Großmutter verstorben war. Danach hatte der Vater das Häuschen der Oma verkauft und sie hatte die Gegend nie wieder gesehen!

Und das hier war wie ein Déjà-vu.

Alles kam ihr hier so vertraut vor! Es schien eine zweite Chance auf ihr persönliches Glück zu sein. Vielleicht hatte irgendjemand ihr genau diese Möglichkeit zukommen lassen wollen, damit sie über sich nachdachte!

Und eventuell eine Entscheidung traf!

Wollte sie das noch, was sie in dem anderen Leben täglich machte? Oder so lächelnd den Tag beginnen, wie es Elisabeth ihr vorgemacht hatte? Im Einklang mit all dem wenigen, was es hier gab?

Der Luxus ihrer riesigen, aber kalten, Wohnung? Oder die Gemütlichkeit einer kleinen warmen Hütte?

Wie sähe ihre Wahl aus?

Zuerst mal musste sie zur Ruhe kommen und diese wundervolle Nacht war schon mal der erste Schritt gewesen. So gut hatte sie wirklich lange nicht geschlafen!

Und jetzt fiel ihr wieder ein, dass, wenn das hier wirklich eine andere Realität wäre, nichts von dem, was auch immer sie hier tat, eine Konsequenz für ihr anderes Leben hätte.

Oder aber alles!

Vor Jahren hatte sie mal einen Film gesehen, in dem eine Frau in einer Zeitschleife fest gehangen hatte und einen Tag immer und immer wieder erleben musste, bis sie sich mit sich selbst und ihrem Schicksal versöhnt hatte.

Irgendwie war das wohl gerade ähnlich!

Jemand hatte ihr eine Chance gegeben, bei der sie ungestraft alles testen konnte, was sie dann später machen wollte.

Soeben fiel ihr schon mal ein, was sie als erstes unbedingt ändern konnte: Die viel zu große

Wohnung musste auf jeden Fall fort, denn das war die Wurzel des Übels!

Das Schicksal zeigte ihr hier gerade, mit wie wenig an Besitz man glücklich sein konnte.

Elisabeth führte es ihr lächelnd vor!

Versonnen blickte Melissa durch das Fenster den Hang hinab, wo die andere Frau wohl jetzt gerade durch den Schnee stapfte. Und sie hatte dabei wieder das Strahlen ihrer Augen vor sich.

Elisabeth hatte keinen Strom, kein Handy, kein warmes Wasser aus dem Hahn und auch sonst nichts, wofür sie sich in ihrer eigenen kümmerlichen Existenz jeden Tag krumm machen musste und dennoch war sie hier glücklich.

Mit einer Katze, einer Tasse Tee und einem Buch! Oder vielen Büchern!

Sie hob sich Lara auf dem Schoß, setzte sich auf die Ofenbank zurück, lehnte sich an den warmen Kachelofen an, blickte zur Decke und tat einfach nichts!

Gar nichts!

Es konnte der Himmel sein!

12. Kapitel

Im Kampf für eine kleine Prinzessin

*D*as Schicksal ihrer Patientin hatte Lisa nicht zur Ruhe kommen lassen und daher war es wohl auch kein Wunder, dass sie bereits zwei Stunden vor dem Beginn ihrer Schicht am Abend wieder in dem Zimmer am Bett von Frau Müller stand.

Zum Glück hatte ihr Einwand am Morgen geholfen und Chris hatte, trotz heftiger Bemühungen, wie es ihr die diensthabende Stationsschwester erzählt hatte, es nicht geschafft, den Professor davon zu überzeugen, doch noch den Schädel von Frau Müller zu öffnen.

In der nächsten Visite würde sie sich den Knaben dann mal ordentlich zur Brust nehmen müssen. Die Gesundheit eines Menschen zu riskieren, nur um sich selbst zu profilieren, ging überhaupt nicht!

Noch immer schlief die Frau und es war nicht abzusehen, wann sie die chronische Erschöpfung, denn nur darum konnte es sich, den Befunden nach, handeln, endlich überwunden hatte.

Lisa kontrollierte die Geräte, prüfte sorgfältig den Anschluss aller Kabel sowie Schläuche, danach zog sich den Hocker an das Bett und setzte sich.

Die geholten Sachen hatte sie zuvor sauber in den Schrank gestapelt und jetzt nahm sie das Buch zu sich, das sie aus ihrer eigenen Wohnung mitgebracht hatte.

Irgendwie fühlte sie sich ihrer Patientin mit jeder Minute näher und dabei wusste sie doch nur zu gut, wie gefährlich eine zu große Nähe im Entscheidungsfall sein konnte: Es hinderte einem eventuell am richtigen Handeln!

Gerade hatte sie das Buch aufgeschlagen, da öffnete sich die Tür und Professor Blume trat in den Raum.

„Wusste ich es doch!", sagte er.

„Ich habe noch Freizeit und wollte ihr nur etwas vorlesen", versuchte sich Lisa sofort zu entschuldigen, doch der Professor winkte ab.

„Was haben sie denn da?", fragte er.

Sie hob das Buch an, wodurch er den Titel lesen konnte.

„Der kleine Prinz? Man sieht nur mit dem Herzen gut", begann der Professor.

„Denn das wesentliche bleibt dem Auge verborgen!", vervollständigte sie den Satz.

„Frau Kollegin, sie wissen schon, dass das hier riskant ist!", setzte er fort.

„Ja, aber so ein bisschen vorlesen", erklärte sie.

Der alte Mann zog sich einen Hocker zu ihr und erklärte: „Sie sind eine meiner besten Ärztinnen und ich möchte sie ungern von dem Fall abziehen. Doktor Wichmann lauert nur auf seine Chance!"

„Das habe ich schon erfahren. Ehrlich, ich bin da auch weiterhin sehr objektiv!", log Lisa, denn sie wusste tief in sich, dass dem im Moment schon nicht mehr so war.

„Gut, gut, ich wollte es nur gesagt haben. Ich wünsche ihnen dann eine gute Schicht und vertrauen sie ihrem Herzen, das weiß manchmal mehr Dinge, als ihr Verstand!", erklärte er, zeigte auf das Buch, erhob sich und ging.

Fragend blickte sie ihm nach. So etwas hatte der Professor noch nie zu ihr gesagt und auch der Vater hatte eine Aussage in dieser Form nie getroffen, aber sicherlich hatten beide mitunter instinktiv so gehandelt und die richtigen Schlussfolgerungen gezogen, denn sonst wären beide gewiss nicht Chefarzt gewesen oder geworden.

Abermals blickte sie auf ihre schlafende Patientin herab. Da gab es so eine Verbindung und sie spürte in sich, dass die wirklich mit jeder Minute nur noch intensiver wurde. Da war durchaus Vorsicht geboten, denn Chris Wichmann würde eine sich ihm bietende Chance nicht ungenutzt verstreichen lassen!

Lisa vertiefte sich erneut in das Buch und hatte noch keine halbe Stunde vorgelesen, da erschien Carola in dem Raum. Damit war auch die Freundin mehr als eine Stunde zu früh zum Dienst erschienen.

„Und?", fragte die Stationsschwester.

„Der Kopf ist noch zu, aber sie schläft immer noch!", gab sie ihr zurück.

„Und das jetzt schon fast einen Tag!", stellte Carola mit einem Blick auf ihre Armbanduhr fest.

„Windeln, oder Blasenkatheder?", entgegnete Lisa.

„Das Zweite! Ich hole Barbara!", antwortete Carola und ging aus dem Raum.

Noch hatten sie beide keinen Dienst und trugen auch noch nicht die obligatorische Arbeitskleidung.

Lisa setzte sich erneut auf den Hocker am Kopfende des Bettes und las wieder aus der Geschichte um den kleinen Prinzen.

Das Buch war ihr rein zufällig am Nachmittag in die Hand gefallen, als Lara durch das Regal getobt war, aber eigentlich gab es ja keine Zufälle!

Es dauerte keine viertel Stunde, da betrat zuerst die junge Schwester und nur einen Augenblick später auch Carola den Raum.

„Na dann los!", erklärte Carola und hielt der Schwester die kleine Schale mit den Utensilien hin.

Ohne ein Zittern vor Aufregung oder sonst einen Fehler setzt Barbara den Katheter. Das war nicht ganz selbstverständlich, denn sie beide sahen ihr auf die Finger und Barbara war erst am Ende des ersten Ausbildungsjahres. Manche ältere Schwester hätte das nicht so gut und präzise unter Beobachtung hinbekommen!

Carola lächelte sie milde an und Lisa lobte die Lernschwester dafür.

Barbara nickte, packte die Reste zusammen und ging.

„Die ist wirklich gut!", bemerkte Lisa schließlich.

Carola seufzte. „Ja, das ist sie, aber sicherlich wird sie nicht bleiben!", setzte die Schwester noch hinzu.

Doch offenbar bemerkte sie Lisas fragenden Blick, denn sie begann zu erzählen: „Sie ist die Tochter meiner alten Lehrschwester und irgendwie fühle ich mich ihr gegenüber verpflichtet. Ich will ihr so helfen, wie ihre Mutter es damals bei mir gemacht hat, aber die hat jetzt einen mobilen Pflegedienst und ich fürchte, dass Barbara nach dem Ende ihrer Ausbildung dorthin wechselt! Und ich kann sie nur zu gut verstehen! Bei dem, was wir hier so verdienen und dem Stress, der damit verbunden ist!"

Abermals seufzte die erfahrene Stationsschwester.

„Und mit jeder, die geht, wird es für uns alle schwieriger!", setzte Lisa hinzu.

„Du sagst es! Ein Pfleger aus der Orthopädie ist seit neuestem mein Paketzusteller! So weit sind wir schon gekommen! Und das Schlimmste daran ist, dass ich ihn nur zu gut verstehen kann!

Daher kämpfe ich auch um jede, die hier in die Pflege will!"

„Und ich kämpfe um alle meine Patienten! Doch das geht eben auch nur mit euch zusammen", erklärte Lisa und klappte das Buch zu.

„Zeit, sich umzuziehen!", sagte sie noch und ging mit Carola zusammen aus dem Zimmer.

„Die Werbefirma hat übrigens die Unterwäsche geholt! Ohne unseren Besuch in ihrer Wohnung wäre sie jetzt nackt und müsste so die Klinik verlassen!", erzählte Lisa auf dem Weg zum Umkleideraum.

„Was denkst du, wie lange sie wohl noch schlafen wird?", erwiderte Carola.

„Schwer zu sagen! Momentan bekommt sie quasi eine intravenöse Aufbaukur. Vielleicht noch zwei oder drei Tage?", antwortete Lisa.

Das war jetzt instinktiv geraten, doch sie spürte in sich, dass es wohl so war. Oder täuschte sie da ihr Gefühl?

13. Kapitel

Hier und jetzt!

*E*in neuer Morgen begann in der kleinen Hütte am Rande des Erzgebirges, Melissa setzte sich gähnend in dem Bett auf und Elisabeth schlief noch neben ihr. Auch Lara hatte den gewohnten Platz noch inne.

Es war seltsam, wie vertraut ihr das Ganze nach nur anderthalb Tagen doch bereits war. Es schien ihr, als hätte sie das schon immer gesucht, vor Jahren einst gefunden und nur für einen Moment aus den Augen verloren.

Am Tage zuvor war Elisabeth ein paar Stunden unten im Dorf gewesen und hatte dort die Sachen besorgt, die sie ihr versprochen hatte, aber nicht nur das, denn die Frau hatte auch noch weitere Vorräte geholt, denn jetzt lebten ja zwei Menschen hier.

War die andere Frau vor dem Verlassen der Hütte freundlich, aber noch etwas distanziert gewesen, so war das nach deren Rückkehr völlig anders gewesen.

Sie hatten am Nachmittag stundenlang über alles Mögliche geredet, gelacht und sich gegenseitig Märchen vorgelesen.

Melissa hatte erkannt, dass alles, was sie hier sagte oder tat, auch hier blieb. Die Erkenntnis des

Tages zuvor, dass sich ihr hier eine völlig neue Chance bot, hatte dabei geholfen, sich zu öffnen.

Der erste blasse Schein des neuen Morgens drang zum Fenster herein. Ein zartes Rosa, das vom Schnee zurückgeworfen wurde.

Leise erhob sie sich, schlich mit der Taschenlampe nach draußen und ging zur Toilette.

Unterwegs legte sie ein paar Briketts in die Glut des Kachelofens, entfachte das Feuer im Küchenherd und stellte die Kanne auf die Herdplatte.

Die alten und so lange nicht vorgenommenen Handgriffe waren alle wieder zurück.

So ähnlich, oder auch genauso, hatten die Tage bei der Großmutter immer begonnen.

Nachdem sie sich erleichtert hatte, schlich sie in die Küche zurück. Das Feuer erwärmte langsam den Raum, aber noch war es empfindlich kühl im T-Shirt, in welchem sie abermals geschlafen hatte.

Durch die, einen Spalt geöffnete, Schlafzimmertür konnte sie das Bett sehen, dass Elisabeth so selbstlos mit ihr teilte und abermals dachte sie an den Tag zuvor zurück.

Was war hier anders?

Vielleicht alles!

Sie dachte noch einmal an den Film mit der Zeitschleife und fragte sich, ob es wohl bei ihr ähnlich sein würde. War sie hier, bis sie alle die

Dinge gerade gezogen hatte, die in ihrem Leben bisher falsch gelaufen waren?

Möglicherweise!

Elisabeths Verhalten ihr gegenüber hatte sich genau zu dem Zeitpunkt verändert, an dem sie erkannt hatte, dass die Wohnung für sie allein viel zu groß war.

Aus der anfänglichen Sympathie zwischen ihnen war eine Freundschaft geworden und das erinnerte sie jetzt an die nächste Baustelle in ihrem Leben: durch die zwei Jobs hatte sie kaum noch Freizeit gehabt und damit waren auch alle Freundschaften in die Brüche gegangen, zumal ihr Ex sie auch noch mit ihrer besten Freundin betrogen hatte.

Der Zweifel und das Misstrauen hatten danach alle Möglichkeiten zerstört und wenn man keine Zeit hatte, um Freundschaften und Bekanntschaften zu pflegen, so zogen sich die Freunde einer nach dem anderen zurück.

Vor Jahren, damals im Dorf der Großmutter, hatte sie sich im Sommer immer mit einer ganzen Horde von Freundinnen und Freunden getroffen. Die meisten von ihnen kamen ebenfalls aus umliegenden Städten und man sah sich nach dem Sommer den Rest des Jahres nicht mehr.

Es war einer Zeit des Urlaubs, des Blödsinns und des nicht über Folgen Nachdenkens gewesen.

Schon damals war es eine Zeit, wo nichts ir- gendwie Konsequenzen gehabt hatte. Vielleicht so, wie hier!

Sie war völlig unbekümmert gewesen und da- zu zählte das erste Bier mit zwölf in einer Bushal- testelle, die erste Zigarette ein Jahr danach, noch immer war ihr schlecht dabei, wenn sie nur daran dachte, und der erste Sex im Waldbad unter den Sternen.

Es waren wundervolle Jahre gewesen.

Vermutlich auch, weil sie einfach nicht dar- über nachgedacht hatte, was richtig und was falsch war, sondern einfach nur im jeweiligen Moment gelebt hatte. Ohne Vergangenheit und Zukunft, einfach im Jetzt.

So wie auch genau hier!

Das hier war einfach nur ein zauberhafter Moment im Märchenwald. Was hatte hier Konse- quenzen? Wenn es schiefging, dann konnte sie es neu versuchen, und zwar so lange, bis es richtig war und dann öffnete sich eine neue Tür.

Das Wasser im Kessel brodelte und holte sie aus ihren Träumereien heraus. Sie stellte die Schüssel auf den Tisch, goss kaltes und heißes Wasser hinein und wusch sich.

Elisabeth war zu einer Freundin geworden und es war schön, dass alles, was sie ihr sagen würde, einfach hier blieb.

Damit hatte sie die zweite Baustelle wohl erkannt: die Freunde! Oder besser die fehlenden Freunde!

Was wäre dann wohl die nächste Herausforderung? Welche Tür öffnete sich für sie jetzt?

Zuerst einmal war es die der Schlafstube, denn Elisabeth trat mit völlig verwirbelten Haaren und gähnend in die Küche.

„Guten Morgen", begrüßte sie die Freundin.

„Morgen", gab Elisabeth ihr zurück, nahm die Taschenlampe vom Tisch und schlurfte zur Toilette nach hinten.

Das war wohl echte Freundschaft, denn keiner von ihnen beiden war es wichtig, wie sie sich vor der anderen zeigte. Sie war halbnackt und Elisabeths Haar glich einem Vogelnest!

Tage zuvor, in einem anderen Leben, hatte sie sich jeden Tag erst sorgsam gestylt, angezogen und war erst nach einer ausführlichen Kontrolle in zwei Spiegeln vor die Tür gegangen. Die Aufmachung war ihr wichtig gewesen, denn als Model wurde man nur gebucht, wen man entsprechend gut aussah.

Da zählte nur der äußere Schein!

Hier war das völlig egal!

War das die nächste Herausforderung?

Eventuell.

Melissa trocknete sich ab, zog sich langsam an und deckte den Tisch.

Als sie damit fertig war, war Elisabeth noch immer nicht zurückgekehrt. Wie lange brauchte denn die Freundin da hinten? Oder war sie dort noch einmal eingeschlafen?

Melissa erinnerte sich an eine Party, auf der ihr das vor sehr vielen Jahren auch mal passiert war.

Und sofort sprangen ihre Gedanken weiter. Wie lange war eigentlich die letzte große Feier her? Nicht die kleinen Stehbankette, die man gelegentlich zu den Jobs hatte, sondern die richtigen wilden Partys?

Auch schon Jahre, aber das war wohl dem geschuldet, dass sie mittlerweile ein etwas höheres Alter hatte, als zu den Zeiten, als sie jeden Freitag den Vater nach etwas Geld und die Mutter um die heißesten Outfits angebettelt hatte, um zur Disco zu gehen.

Doch das war etwas, was ihr überhaupt nicht fehlte. Nicht mal ansatzweise und daher war das sicherlich auch keine ihrer Baustellen.

Ansonsten wäre sie ja vielleicht auch in München oder Berlin gelandet und nicht in diesem Dorf, wo sich Fuchs und Hase gute Nacht sagen würden.

Und wie zur Bestätigung ihrer Vermutung kam Elisabeth von hinten nach vorn.

14. Kapitel

Gegen jede Vernunft!(?)

as gemeinsame Frühstück war einfach nur wunderschön. Kein Schnickschnack, nur das Nötigste und dennoch war es besser, als Sekt und Kaviar!

Die einfachen Dinge waren die Besten! Das war ja auch etwas, was sie bereits am Tage zuvor begriffen hatte.

Am Abend des Vortages hatten sie mit einem Käsefondue und einem guten Glas Rotwein auf der Bank gesessen, dem Sonnenuntergang zugesehen und sich sehr gut unterhalten.

Jetzt begann der nächste Tag und da Elisabeth ihr am Tage zuvor warme Sachen gebracht hatte, hatte sich Melissa dazu entschlossen, die Hütte zu verlassen. Gerade hatte sie sich angezogen, als die andere Frau zu ihr trat und erklärte: „Da draußen neben der Tür stehen ein paar Ski. Die wirst du brauchen!"

„Ich habe schon ewig nicht mehr auf den Brettern gestanden! Das letzte Mal mit acht Jahren, als ich mit meinen Eltern irgendwo in den Bergen zum Winterurlaub war", erwiderte Melissa.

„Das ist wie Fahrrad fahren. Wenn man das einmal kann, dann verlernt man das nie wieder", entgegnete Elisabeth und nickte ihr ermutigend zu.

„Na, wenn du meinst", antwortete Melissa zweifelnd, aber den Versuch war es wert.

Was hatte sie schon zu verlieren?

Mit den Schneeschuhen an einem sonnigen Tag durch den verschneiten Winterwald laufen? Das klang ganz angenehm und in den Schnee zu fallen tat sicher nicht so weh, als mit dem Fahrrad zu stürzen!

Melissa verabschiedete sich, trat aus der Hütte und der kalte Wind zwackte ihr in die Wangen.

Die Bretter steckten neben der Tür im Schnee und die Stöcke daneben. Das Anlegen der Ski ging erstaunlich schnell und auch die ersten vorsichtigen Schritte gelangen ihr ohne Probleme.

Elisabeth hatte offensichtlich recht, denn nach fast zwanzig Jahren erinnerte sich ihr Körper offenbar von alleine daran, was er als Kind gekonnt hatte.

Schließlich wurde sie etwas schneller, nur um wenig später wieder das Tempo zu drosseln.

Niemand hetzte sie und sie hatte Unmengen von Zeit. Nur der Abend begrenzte ihren Tag, sonst nichts!

Sie lief nicht zum Dorf hinab, sondern blieb auf derselben Höhe am Hang. Die Himmelsrichtung mit der Lichtung vermied sie und beschloss in die entgegengesetzte Richtung durch den Wald zu fahren und als wäre es genauso für sie so vorgesehen gab es da auch eine Schneise im Forst und irgendjemand hatte bereits vor ihr eine Spur angelegt.

Das war eine Einladung, der sie nicht widersprechen wollte.

Mit der Kapuze über dem Kopf und dem Blick voraus schob sie sich durch diesen wirklich zauberhaften Märchenwald.

Ein Eichhörnchen saß auf einem Zweig und irgendein Vogel flog über ihr. Es sah wie ein Rabe aus, aber der war viel zu weit oben, als dass sie ihr genauer erkennen konnte.

Wenn jetzt noch Hasen und Rehe hier auftauchen würden, dann wäre sie nicht überrascht.

Augenblicklich konnte sie wieder ihre Gedanken frei lassen, denn sie musste noch überlegen, was ihre nächste große Baustelle war, um in ihre eigene Welt zurückzukehren, aber wollte sie das überhaupt?

Hier war alles so romantisch, aber das war auch nur dem geschuldet, dass Elisabeth sie praktisch mit durchfütterte und kostenlos bei sich beherbergte. Wenn sie ihr Leben auch hier bestreiten müsste, dann wäre das mit der Idylle sicher auch schon schnell wieder vorbei.

Elisabeths Worte fielen ihr ein. Die Freundin arbeitete im Sommer sehr viel und lang, um das hier finanzieren zu können. Damit würde es auch ihr hier sicherlich wieder ähnlich gehen, wie dort, von wo sie hierher geflohen war.

94

Sie musste es hier ändern, um es zu Hause leben zu können!

Das war ihre Aufgabe!

Vielleicht zog hier jemand im Hintergrund die Fäden und es war hier möglicherweise so, wie im Märchen von der Frau Holle: Die Marie war in den Brunnen gesprungen und hatte über den Apfelbaum, den Herd und die Kopfkissen ihren Weg bestritten und durch die Lösung einer Aufgabe war sie zur nächsten gekommen. Am Ende, nachdem sie alle Angelegenheiten zur vollsten Zufriedenheit gelöst hatte, war sie mit Gold bedeckt wieder zurück in ihrem alten Leben.

Und wenn dem so war, wovon sie gerade ziemlich stark ausging, dann würde sich ihr die nächste Aufgabe zeigen, wenn sie dafür bereit war.

Oder einfach diesem Weg weiterging, weiter fuhr.

Aber war das nicht gegen jede Vernunft? Sie sollte einfach ihr Leben in fremde Hände geben? Und die waren im Moment noch nicht mal sichtbar!

Gerade fühlte sie sich wie eine Marionette am Seil! Oder wie Alice im Wunderland! Wo war das weiße Kaninchen, wenn man es brauchte? Oder sah sie es im Schnee nur nicht?

Langsam lief Melissa weiter und legte den Willen völlig ab. Sie konnte nichts erzwingen! Entweder kam die nächste Aufgabe, oder es würde ein wunderschöner Tag mit einem Lauf durch den Schnee. Und es war hier wirklich herrlich!

War es nicht das absolute Glück, wenn man einfach nur im Moment lebte? Ohne etwas zu wollen, zu hoffen oder sich um etwas Sorgen machen zu müssen?

In der Art, wie sie das gerade tat?

Nur der nächste Meter im Wald war wichtig und Melissa ließ einfach los.

Sie dachte nicht mehr darüber nach, was kommen würde.

❧ ❧

Noch immer folgte sie der Spur und überlegte gerade, ob sie umkehren sollte, als sich vor ihr der Wald lichtete und sie dreißig Schritte später an einer neuen Lichtung ankam.

In deren Mitte befand sich ein Haus und sie blieb am Waldrand stehen, um es besser beobachten zu können.

War das ihr heutiges Etappenziel?

Was war an dieser Hütte anders, als an jener, an der sie Stunden zuvor aufgebrochen war?

Die markanteste Abweichung davon war, dass an diesem Gebäude ein Mann stand und Holz hackte. Und wenn sie eins und eins zusammenzählte, so würde wohl ihre nächste Herausforderung irgendetwas mit Männern sein!

Auf die Skistöcke gestützt, und durch die letzten Bäume vor ihm geschützt, spähte sie zu ihm hinüber.

Augenblicklich wusste sie, dass er ihre mögliche oder höchstwahrscheinlich nächste Bestimmung im Märchenwald war.

Seit dem Betrug durch ihren Freund hatte sie sich mutwillig von allen Männern fern gehalten. Die vier Jahre zuvor war sie nur mit ihm zusammen gewesen.

Und davor?

Kein Mauerblümchen, aber auch nicht wirklich eine Kostverächterin!

Mit einem Male sah sie wieder all die Jungs und Männer im Geiste vor sich stehen, mit denen sie zusammen gewesen war.

Der erste Sex mit fünfzehn, der ziemlich passabel gewesen war, und danach etwa zwanzig Freunde, bis zu ihrem Ex und dessen Betrug an ihr.

Seit ihm war jetzt tote Hose gewesen und bis gerade eben hatte ihr da nichts gefehlt, aber wenn das hier wirklich ihre nächste Herausforderung war, dann wollte sie sich dieser auch stellen.

Und es hieß ja nicht, dass das nicht auch Spaß machen konnte!

Nichts hatte hier irgendwelche Folgen!

15. Kapitel

Der perfekte Mann

Melissa hatte zwar keine Uhr, aber gefühlt stand sie bereits mehr als eine halbe Stunde neben dem Tannenbäumchen, das gerade mal so groß war, wie sie selbst, und durch dessen Zweige hindurch sah sie dem Manne zu, der etwa hundert Meter vor ihr in stoischer Ruhe mit einem Beil einen Holzklotz nach dem anderen in für den Kamin gerechte Scheite teilte.

Sie konnte ihn wegen der zu großen Entfernung nicht deutlich erkennen, aber schon allein seine Bewegungen waren in der Art, dass er sie damit an diesen Platz fesselte.

Melissa konnte sich nicht mehr von diesem Anblick lösen und hatte das eigentlich auch gar nicht vor, denn dieser Mann war ihr nächster Auftrag!

Allerdings ging das nicht auf diese Entfernung und daher würde sie sich wohl oder übel aus der Deckung bewegen müssen.

Ihr letztes engeres Zusammentreffen mit einem Mann war ja nicht so sehr von Freude geprägt gewesen. Eher von Frust und Ärger, wegen des dabei erlebten Betruges, doch hier hätte ja nichts eine Bedeutung!

Was hatte sie zu verlieren?

Und wenn dieser bereits auf diese Entfernung mehr als außergewöhnliche Mann da drüben wirklich der nächste Schritt auf ihrem Weg durch das Zauberreich war, dann würde er sicherlich auch aus der nächsten Nähe sehr attraktiv sein.

Oder etwa nicht?

Und das galt es jetzt zu erkunden!

Melissa schob sich auf die Lichtung hinaus und fuhr langsam auf ihn zu.

Der Mann bemerkte sie offensichtlich, denn er schlug das Beil mit einem kräftigen Hieb in den Hackklotz, stützte die Hände in die Hüften und blickte ihr entgegen.

Mit jedem Meter, mit dem sie sich ihm näherte, wurde er verlockender.

Drei Meter vor ihm stoppte sie und sagte: „Hallo, ich bin Melissa!"

„Christopher", entgegnete er, mit einer sehr ansprechenden dunklen Stimme, die ihr einen wohligen Schauer durch die Glieder trieb, und hielt ihr die Hand hin.

Um ihm die Hand geben zu können war der Abstand zu groß, aber im Moment war sie wie versteinert, denn dieser Mann war wirklich perfekt!

Er hatte die richtige Größe für sie, stand in einem wirklich schicken Rollkragenpullover vor ihr, die Haare hatten die richtige Läge und sein ganzer Körperbau war so ein unwiderstehliches

Zwischending zwischen Wikinger, kanadischem Holzfäller und gutem Jäger.

Das griff instinktiv ihre innerste Erregtheit an.

„Wo war der nur all die Zeit!", brüllte sie ihr eigener Geist an.

Wäre sie nicht hier im Schnee und vor seiner Hütte, sie hätte sich augenblicklich auf ihn gestürzt und erst wieder aus ihren Fängen gelassen, wenn er ihr alles gegeben hätte, was sie gerade so sehnlichst von ihm haben wollte.

Es galt ein paar Jahre aufzuholen und er versprach ihr das mit jeder Faser seines Körpers! Allerdings war sie noch immer wie versteinert, oder in Bewunderung erstarrt!

„Nimm mich! Und lass mich nicht mehr los!", schrie ihr ganzer Körper innerlich.

Und als hätte er ihre Gedanken gehört, fragte er: „Möchtest du mit hereinkommen? Hier draußen wird es für dich sonst auf die Dauer zu kalt!"

„Zu heiß!", setzte ihr Verlangen in Gedanken hinzu und sie sagte: „Gern!"

Das war auch das einzige, was sie gerade herausbringen konnte, denn sie war kurz davor, zu sabbern!

Da zog wirklich jemand im Hintergrund die Fäden, der sie bis in den hintersten Winkel ihrer Seele erstaunlich gut kannte!

Und auch genau wusste, bei welcher Art von Männern ihre Knie weich werden konnten.

Und es war wohl auch kaum eine Prüfung ihrer Standsicherheit, denn sie war frei und ungebunden!

Sie hatte nichts zu verlieren. Nur den Verstand in seinen Armen!

Christopher trat auf sich zu, kniete sich vor ihr hin und öffnete die Bindungen ihre Ski.

Sein Duft auf diese kurze Entfernung hätte jetzt für den Rest gesorgt, wenn sie sich nicht bereits zuvor auf diese Abenteuer eingelassen hätte.

Beim Aufstehen waren seine Lippen den ihren so unglaublich nahe, aber sie konnte sich noch immer nicht bewegen.

Innerlich fluchte sie darüber, diese Chance nicht ausgenutzt zu haben, aber er bot ihr seine Hand, um sie in die Hütte zu führen.

Sein Händedruck war fest und dennoch angenehm. Aber was hatte sie anders erwartet?

An seiner Hand betrat sie das Gebäude, er half ihr aus dem Mantel und führte sie zu einem Stuhl. Galant schob er ihr diesen zurecht, stützte sie beim Setzen mit der Hand im Rücken und sie wäre beinahe bei dieser Berührung geschmolzen.

Danach stellte er einen Becher Glühwein vor sie hin und setzte sich ihr gegenüber auf den Hocker.

In seiner Nähe fiel jetzt sofort jede Scheu von ihr ab. Er war genau das, was sie sich als Teenager von einem Mann erwartet hatte, ihr Traummann und somit kannte sie ihn bereits in- und auswendig!

Da er der Mann aus ihren Träumen war, war er auch charmant und souverän. Ohne irgendeine erzwungene Pause begann sofort ein Gespräch über Skilaufen, den Wald, die Tiere und das Leben darin.

Offenbar war Christopher hier der Oberförster und gerade fiel ihr wieder einer dieser alten Schlager ein, den sie gerade erst am Abend zuvor mit Elisabeth gehört hatte.

„Ach lass mich doch in deinem Wald der Oberförster sein!" Sie hätte sofort ja geschrien, denn der Mann war auch noch redegewandt und eloquent.

Dieser Mann war zweifellos ein Traum, denn er hatte nicht nur Muskeln und sah umwerfend aus, sondern er hatte auch noch was im Kopf!

Und jetzt hieß es nur noch: Nicht aufwachen, bis er ihr alle ihre geheimsten Wünsche erfüllt haben würde und da gab es eine Menge!

Also wenn Gott hier wirklich im Hintergrund die Fäden zog, dann würde sie zu Hause sofort in die Kirche eintreten, aber nicht Nonne werden, denn dieser Mann war eine Sünde wert!

Jede Schandtat!

Momentan hinderte sie nur der Tisch zwischen ihnen und ihre weichen Knie daran, sich auf ihn zu stürzen, um ihm die Kleidung vom Leibe zu fetzen und zu sehen, ob er wohl auch im Bett so gut war, wie sie es jetzt gerade erwartete!

Der einzige Wermutstropfen an dieser Situation war, dass sie momentan Elisabeths Unterwäsche trug und die roten Dessous in deren Hütte geblieben waren, aber es würde wohl nicht lange dauern, sich davon zu befreien, wohl nur Bruchteile eines Augenblickes!

Oder eines Wimpernschlages!

Melissa war ihm bereits völlig verfallen und eigentlich hielt sie im Moment nur noch der Anstand und ihre gute Erziehung davon ab, ihm entgegen zu brüllen: „Nimm mich und vögle mich so richtig durch!"

Doch mit jeder Minute in seiner Nähe schmolz dieser Rest von durch die Zivilisation bedingter Zurückhaltung.

Sie konnte es in sich spüren, wie die animalischen und uralten Triebe gerade die Steuerung über sie übernahmen!

Und ihr war es völlig egal!

Über den Tisch hinweg griff er mitten im Gespräch wie zufällig nach ihrer Hand und ein regelrechter Schauer durchlief sie, aber kein kalter, sondern ein siedend heißer!

Ein Blitz durchzuckte sie! Zehn Millionen Volt!

Sie versank in seinen Augen und war verloren. Hier würde sie erst wieder gehen, wen sie alles bekommen hatte, was sie sich jemals in ihren kühnsten Träumen auch nur hatte vorstellen können.

Er beugte sich vor, um ihren Becher neu mit Wein zu befüllen und sie ergriff die sich ihr bietende Gelegenheit, den Geschmack seiner Lippen zu kosten.

Und er küsste auch noch himmlisch!

Dieser Kuss weckte jetzt vollends das Raubtier in ihr und Christopher war ihre Beute.

Oder sie seine?

Egal!

Der Oberförster auf der Pirsch nach dem Wolf, den er selbst in ihr geweckt hatte?

Sie hoffte nur, dass seine Flinte nicht zu früh losging!

„Lieber Gott, bitte lass ihn auch noch ein leidenschaftlicher Liebhaber sein!", dachte sie noch, bevor die pure animalische Gier und Lust auch noch den letzten Rest ihres Verstandes zum Schweigen brachte.

16. Kapitel

Barbaras Weg

Obermals war Lisa sehr viel früher in ihr Krankenhaus gegangen, als es nötig gewesen wäre, um zuvor noch bei Melissa am Bett zu sitzen und ihr eine andere Geschichte vorzulesen, die ihr Lara aus dem Regal gefegt hatte.

Dieses Mal war es etwas speziell, denn es war eine erotische Erzählung, von der sie gar nicht mehr gewusst hatte, dass sie diese überhaupt noch besaß. Doch Lara hatte sich dagegen ausgesprochen, das Buch zu Hause zu lassen und dafür ein anders zu nehmen.

So hatte Lisa diesen Schmöker, der ihr in ihrer Jugend immer so ein schönes Gefühl gemacht hatte, dann doch mitgenommen.

Was bei ihr damals geholfen hatte, das konnte auch bei ihrer Patientin nicht schaden.

Das Büchlein hatte sie allerdings in den Schutzumschlag eines anderen Buches gepackt, um damit nicht zu sehr aufzufallen.

Sie schob die Tür des Zimmers auf und sah, dass Barbara gerade am Bett ihrer Patientin stand. Die junge Schwester prüfte soeben alle Schläuche und Kabel und hatte anscheinend auch den Auftrag, die junge Frau zu waschen, denn eine Schüssel stand dafür schon bereit.

Eigentlich hatte Lisa erwartet, dass ihre Patientin jetzt bereits erwacht sein würde, doch dem war offenbar noch immer nicht so.

Barbara blickte über die Schulter zu ihr zurück und löste dann vorsichtig einige der Kontakte.

„Hallo Schwester Barbara, soll ich ihnen helfen?", fragte Lisa die junge Schwester.

„Nein danke, Frau Doktor, das ist meine Aufgabe und ich kann das", gab Barbara ihr zurück und begann sorgfältig mit ihrer Arbeit.

Jeder Handgriff der jungen Frau war so, wie er in der Ausbildung gelehrt wurde.

Lisa erinnerte sich wieder an ihr Praktikum und stellte sich an die Seite, um Barbara nicht zu behindern. Sie schaute zu, wie Barbara zuerst die Decke zurückschlug, dann Melissa von der Kleidung befreite und die Patientin vorsichtig wusch. Das sah so aus, wie eine Mutter wohl auch ihr Kind waschen würde.

Carola hatte mit ihrer Behauptung durchaus recht. Barbara war gut und es wäre sicher schade, sie zu verlieren.

Mit vor der Brust verschränkten Armen wartete Lisa, jederzeit bereit, der Lernschwester bei einem Fehler oder Problem zur Hilfe zu kommen, doch Barbara war trotz ihrer Jugend schon extrem routiniert bei ihren Tätigkeiten.

„Sie machen das wirklich gut!", lobte Lisa die Schwester.

„Danke. Ich habe das bei meiner Großmutter gelernt, die ist schon seit Jahren auf fremde Pflege angewiesen!", gab Barbara zurück, dann schloss sie die Kabel wieder an, deckte Melissa sorgfältig zu und räumte ihre Sachen zusammen.

Zum Schluss strich Barbara Melissa noch liebevoll eine Haarsträhne aus der Stirn.

„Sie ist so wunderschön", sagte die Schwester leise.

„Ja! Das ist sie wirklich. Daher ist sie vermutlich auch Model geworden", entgegnete Lisa und trat näher.

„Ich wäre gern ein wenig mehr, wie sie", flüsterte Barbara.

„Sie sind ebenfalls sehr attraktiv", erklärte Lisa sofort.

Barbara drehte ihr das Gesicht zu und zog fragend die Augenbrauen hoch.

Lisa nickte ihr zu und zeigte auf den Spiegel neben der Tür. „Jeder Mensch ist ganz einzigartig. Du bist ein Wunder!", erklärte sie und bemerkte, dass sie die Schwester mit du angesprochen hatte.

Barbara entgegnete nichts dazu, stattdessen trat sie an den Spiegel, strich sich eine Locke zur Seite und betrachtete sich danach eindringlich, wobei sie das Gesicht ein paar Mal von links nach rechts und wieder zurück drehte.

„Und sie machen einen wirklich tollen Job hier! Ich bin froh, dass sie hier bei uns sind! Es sollte viel mehr Menschen geben, die sich so um andere sorgen!", setzte Lisa noch hinzu, trat zu Barbara und schaute über deren Schulter im Spiegel in diese großen Augen, in denen so viel Liebe zu stecken schien.

„Wirklich?", fragte Barbara.

Abermals nickte Lisa.

Barbara blickte sich zum Bett um und sah sie damit direkt an. Nur wenige Zentimeter trennten damit ihre beiden Gesichter voneinander.

„Ich finde sie so faszinierend", flüsterte Barbara.

„Ja, ich finde Frau Müller auch schön!", erwiderte Lisa.

„Die meinte ich eigentlich gerade nicht", setzte Barbara hinzu und errötete ein wenig.

Lisa brauchte einen Moment, um die Zusammenhänge zu verstehen, dann räusperte sie sich.

Mit den roten Wangen war Barbara jetzt noch bezaubernder.

„Oh, Entschuldigung. Habe ich das gerade laut gesagt?", fragte die junge Schwester und schlug die Augenlider nieder.

Das sah noch viel wundervoller aus.

Vorsichtig trat Lisa einen Schritt zurück.

Da gab es so eine gewisse Anziehungskraft, die sie jetzt vor Barbara festhielt. Was war es wohl? Etwas Ähnliches hatte sie gegenüber Melissa gespürt, nur nicht ganz so heftig.

Barbara war bezaubernd und mit den roten Wangen auch noch besonders attraktiv geworden. Und dieser wundervolle Mund wollte geküsst werden, doch bisher hatte sie noch keine Erfahrungen mit Frauen gemacht und Barbara war ja auch noch irgendwie ihre Untergebene. Das barg einen gewissen Sprengstoff in sich.

„Ich hätte das nicht sagen dürfen", erklärte Barbara, hob die Lider und blickte sie direkt an.

„Nein. Alles gut", entgegnete Lisa, aber es klang mehr nach Gestammel.

„Ich muss jetzt", äußerte Barbara ziemlich laut, nahm ihre Sachen und schob sich an ihr vorbei.

Mit ein paar schnellen Schritten verließ die Schwester das Zimmer und Lisa blickte ihr verwirrt hinterher.

Was war das gerade gewesen? Bisher hatte sie keinerlei Zweifel daran gehabt, dass sie auf Männer stand und bloß aus Mangel an Zeit bislang nur Nieten im Bett gehabt hatte.

Im Augenblick war da so sein seltsames Gefühl einer Erkenntnis in ihrem Bauch, das noch ein wenig brauchen würde, bis sie sich darüber klar war, was es bedeutete.

Mit einem Ruck riss sie sich von ihrer Position los, trat an das Bett und setzte sich auf den Hocker.

Nach einem letzten Blick zur Tür schlug sie das Buch auf und schaute dann auf die Seite vor sich.

Nur langsam realisierte sie, dass sich die Geschichte dieses Buches, das sich all die Jahre unbeachtet in ihrem Schrank befunden hatte, um die Liebe zwischen zwei Frauen drehte.

Was hatte Lara ihr wohl damit sagen wollen?

Und hatte Barbara möglicherweise das Buch erkannt und daher diesen Vorstoß unternommen?

Im geschlossenen Zustand war das Thema des Buches eigentlich nicht zu erkennen und der Schutzumschlag stammte von einem französischen Märchenbuch.

Neue Fragen schoben sich in ihren Kopf.

Hatte Barbara ihre Gedanken gelesen? Das war wohl nicht zu vermuten, aber vielleicht instinktiv geahnt, was für ein Buch sie in der Hand hielt?

Und zwar noch bevor sie das eigentlich selbst begriffen hatte?

Es fühlte sich gerade etwas komisch an, etwas darüber laut vorzulesen, wie zwei Frauen sich gegenseitig anschmachteten und ihre Liebe noch unbefriedigt blieb, weil sich beide nicht dazu bekannten.

Wenn die beiden Protagonistinnen jetzt Lisa und Barbara genießen hätten, dann hätte es wohl so eine Art von Autobiografie sein können. Auch die Romanheldin war sich ihrer Gefühle für die andere Frau nicht im Klaren.

Und Lisa?

In der Nachtschicht würde sich hoffentlich etwas Zeit finden, damit sie sich über so einiges bewusster werden konnte.

17. Kapitel

Freunde und Familie

Mit weichen Knien lief Melissa durch den Wald zurück. Oder besser: sie schlich zu Elisabeth! Stundenlang war sie bei Christopher gewesen und momentan fuhr sie mit der untergehenden Sonne um die Wette, aber bei ihrer derzeitigen Geschwindigkeit würde sie das Rennen wohl verlieren.

Noch immer sausten unzählige Endorphine und andere Glückshormone durch ihren Leib.

Das war der Hammer gewesen!

Christopher hatte eine Bergführung mit ihr gemacht, ohne dabei seine Hütte zu verlassen. Von einem Gipfel zum nächsten hatte er sie gebracht und noch immer stöhnte sie innerlich, wenn sie nur daran dachte.

Das war der beste Sex ihres Lebens gewesen!

Besseres konnte nicht mehr nachkommen! Wenn sie gewusst hätte, wie sie die Freundin hätte von ihrem Fernbleiben in Kenntnis setzen können, ohne Christophers Bett zu verlassen, sie wäre die nächsten vier Wochen nicht mehr aus seiner Hütte gegangen!

Bedauerlicherweise konnte sie Elisabeth aber nicht in Sorge und Ungewissheit über ihr Schicksal lassen.

Der nächste Tag würde allerdings mit Sicherheit wieder ein Tag der Lust und Ekstase werden!

Sie hatte von dieser köstlichen Frucht genascht und wollte diese jetzt bis an das Ende ihrer Tage hier auskosten!

Die Aufgabe und damit die Rückkehr in ihre eigene Welt waren ihr im Moment völlig egal. In Christophers Armen stand die Zeit still! Und wenn sie den nächsten Schritt nicht machte, was auch immer dieser dann sein würde, so konnte sie hoffentlich auch für immer in dieser Welt bleiben!

Bei dem Mann im Wald! Bis in alle Ewigkeit!

Gerade versank die Sonne vor ihr, aber es gab ja nur die eine Spur bis zur rettenden Hütte der Freundin.

Im letzten Dämmerlicht erreichte sie den Waldrand und sah das Licht aus Elisabeths Küchenfenster vor sich. Es schien eine Art von Leuchtfeuer für sie zu sein, denn offenbar stand dort eine Kerze und leuchtete ihr heim.

Vor der Tür stellte sie die Ski ab, klopfte sich den Schnee von der Kleidung und trat ein.

„Hallo, na, hast du einen schönen Tag im Wald gehabt?", fragte Elisabeth.

Für einen Moment überlegte Melissa, ob sie der Freundin von ihrem Abenteuer erzählen sollte, doch sie verwarf den Gedanken und antwortete nur: „Ja! Einen sehr schönen. Das mit dem Ski war wirklich ganz einfach!"

„Du musst ja regelrecht ausgehungert sein, nach all der Anstrengung!", antwortete Elisabeth.

Sie hätte jetzt antworten können, dass es gar nicht so anstrengend gewesen war, aber sie nickte nur und trat in die Küche. Ein Topf mit einem wunderbar duftenden Inhalt stand schon auf dem Herd und brodelte vor sich hin.

Wie hatte Elisabeth nur wissen können, dass sie gerade jetzt nach Hause kam? Oder war auch das etwas von dieser Planung des Schicksals, die hier offenbar im Hintergrund zu bemerken war?

Melissa ließ sich auf den Stuhl fallen und hatte kurz darauf einen Teller mit einer Gemüsesuppe vor sich stehen, ein Gemüseauflauf wartete noch auf dem Herd und würde wohl später als zweiter Gang serviert.

Die Suppe war ein Gedicht und auch der Auflauf hielt, was der Duft zuvor versprochen hatte.

Viel später saßen sie wieder mit Kräutertee auf der Eckbank und unterhielten sich. Melissas Gedanken flogen immer wieder zu dem Mann und um das vorübergehend zu ändern, fragte sie schließlich die Freundin: „Bist du eigentlich auch zu Weihnachten hier?"

„Ja!"

„Aber macht das den Spaß, so alleine? Weihnachten ist doch ein Fest der Freunde und Familie", hörte Melissa sich selbst fragen.

„Ach, weißt du, Melissa, ich bin ganz gern so alleine. Meine Eltern fliegen jedes Weihnachten

114

in den Süden, wo es warm ist und für Freunde reicht meine Zeit im restlichen Jahr leider nicht!", entgegnete Elisabeth.

Für einen Moment stutzte Melissa, denn das war doch genau das, was sie bisher auch für sich selbst hier so erkannt hatte.

Waren die Freunde und die Familie damit ihre nächste Baustelle? Aber bei der Familie war es doch eindeutig so, dass sie keine mehr hatte!

Gedankenverloren blickte sie in das Tal hinab, wo die kleinen Lichter von den Häusern kündeten, in denen jetzt wohl auch einige Familien gerade am Abendbrottisch saßen.

Bei der Großmutter, vor ewigen Zeiten, war es jeden Abend so herrlich gewesen. Nach einem langen Tag des Tobens und Spielens war das Abendessen dort immer ein Festmahl. Warum konnte das nicht mehr so sein?

„Weißt du, ich hänge am Weihnachtstag immer Möhren, Obst und Nüsse dort draußen an den kleinen Baum und schaue dann hier vom Fenster aus zu, wenn die Tiere des Waldes mit mir zusammen Weihnachten feiern!", erzählte Elisabeth leise weiter.

Das war es! Man musste sich eine Familie suchen, wenn man eine brauchte! Sie war schon viel zu lange alleine gewesen und gerade fiel ihr wieder ein, wie sehr sie dieses Gemeinschaftsgefühl in der Jugend gebraucht hatte. Nicht nur zur Weihnachtszeit, sondern immer.

Wenn es jemanden gab, mit dem man am Abend nach der Arbeit den Tag auswerten konnte, dann war alles viel leichter!

Vielleicht in der Art, wie sie hier mit Elisabeth redete? Oder so, wie es mit Christopher gewesen war?

Beides war schön in seiner jeweiligen Form. Beides hatte ihr gefallen!

Und genau heute begriff sie, was ihr immer gefehlt hatte. Dieser Ausflug in diese andere Welt half ihr gerade ungemein.

Es wurde wieder ein langer Abend, bevor sie dann in das Bett fielen.

Im Traum war Melissa bei Christopher und konnte es nicht erwarten, am nächsten Tag wieder bei ihm zu sein.

Daher war es wohl auch kein Wunder, dass sie noch vor dem Sonnenaufgang schon Kaffee kochte und sehnsüchtig am Fenster auf den neuen Tag wartete.

Als Elisabeth gähnend in die Küche trat, verabschiedete sich Melissa bei ihr und setzte hinzu, dass sie eventuell am Abend nicht mehr zurückkam, sondern anderswo übernachten würde.

Elisabeth akzeptierte das, mit einer nach oben gezogenen Augenbraue, aber sie fragte nichts nach.

Keine fünf Minuten später hatte Melissa die Ski an den Füßen und rannte durch den Winterwald.

Keine Minute wollte sie ungenutzt lassen, wenn sie diese doch bei Christopher verbringen konnte.

Schnaufend und schwitzend jagte sie durch den Wald, als direkt vor ihr ein Elch aus dem Unterholz auf ihre Spur sprang.

„Wo kommt der denn jetzt her und seit wann gibt es im Erzgebirge Elche?", waren ihre Gedanken, als sie auch schon mit dem großen Tier zusammenprallte.

Der gewaltige Hirsch schleuderte sie zur Seite und Melissa flog gegen einen Baum.

Alles wurde schwarz vor ihren Augen.

18. Kapitel

Advent, Advent

*E*s war Sonntag, der erste Advent und eigentlich hätte Lisa an diesem Tage arbeitsfrei
gehabt, aber sie hatte dennoch den Weg in
die Klinik genommen.

In all den Monaten zuvor wäre das wohl die
Zeit gewesen, in der sie bisher immer in einer der
Kammern oder der Bibliothek verschwunden war,
um die Studien weiterzuführen oder sich auf die
Prüfung vorzubereiten, aber gerade hatte sie sich
den Hocker an Melissas Bett gezogen und stellte
sich zu ihrer Patientin.

Gedankenverloren strich sie ihr über die
Wange. Es war jetzt bereits mehr als eine Woche
her, dass sie hier lag und damit schon viel länger,
als sie es am Anfang erwartet hatte.

Noch immer war Melissa nicht aufgewacht,
aber Lisa gingen langsam die Erklärungen für
ihre Kollegen aus.

Chris Wichmann wollte noch immer Melissas
Schädel öffnen, um den vermeintlichen Druck zu
verringern und mit jedem Tag, der verging, fiel es
ihr immer schwerer, den Professor auf ihrer Seite
zu behalten.

Und da war es eigentlich auch ziemlich gefährlich, dass sie ihre Patientin jetzt schon mit

dem Vornahmen anredete, doch sie immer nur Frau Müller zu nennen, das fühlte sich auch gerade mehr als komisch an.

Da gab es so ein unsichtbares und starkes Band, was sie in irgendeiner Form miteinander verband und sie hätte gern gewusst, was es war.

Doch um dies genauer zu ergründen, musste Melissa die Augen öffnen.

Seufzend setzte sich Lisa, ließ ihren geschulten Blick über die Monitore schweifen und schlug das Buch auf, das Lara ihr auch an diesem Tag herausgesucht hatte.

Es war schon seltsam, dass die Katze seit Melissas Ankunft hier im Krankenhaus jeden Tag ein anderes Buch bei ihren Streifzügen vom Bücherboard fegte. Zuvor hatte die Fellnase das Regal immer ignoriert, jetzt schien das ihr liebster Spielplatz geworden zu sein.

Lisa blickte auf das Buch herab, das sie in den Händen hielt. Es war ein altes Büchlein mit Geschichten aus der Adventszeit, dass sie als Kind so gern gelesen hatte und bis zum Aufbruch hatte sie vermutet, dass sie es gar nicht mehr besaß, doch dann hatte Lara es mit einer Bewegung ihrer Pfote einfach auf den Tisch geworfen.

Und es passte perfekt zu diesem Tag! Auch die Zielsicherheit der kleinen Perserkatze bei der Auswahl der Lektüre war eine Frage wert, aber Lara schwieg sich darüber aus.

Lisa schlug das Buch auf, las das erste Gedicht und die Tür öffnete sich.

„Dachte ich es mir doch!", sagte Carola und trat in den Raum.

Auch die Stationsschwester trug zivile Kleidung und hatte nach dem Plan an diesem Sonntag eigentlich auch Wochenende.

„Ich lese Melissa nur etwas vor", versuchte sich Lisa zu entschuldigen.

„Du nennst sie jetzt schon beim Vornamen?", erwiderte Carola und zog die Stirn kraus.

„Nur dann, wenn ich bei ihr zu Besuch bin und gerade bin ich das. Ich habe ja heute frei!"

„Und du kannst das so einfach trennen? Den Kittel anziehen und schon wird aus Melissa wieder die Frau Müller?", antwortete Carola deutlich besorgt.

Vermutlich wusste auch die Stationsschwester aus der langen Erfahrung nur zu gut um die Gefahr, der sie ihre Patientin durch diese Nähe aussetzte.

„Was machst du denn eigentlich hier?", entgegnete Lisa, um von sich abzulenken und auf andere Gedanken zu kommen.

„Die Station hat heute Weihnachtsfeier", begann Carola und zog ihren Pullover glatt, ein Schneemann war darauf zu sehen. Dann setzte sie fort: „Wenn du möchtest, dann kannst du zu uns in den Beratungsraum kommen."

„Das ist doch aber die Feier der Schwestern. Ich will da nicht stören!"

„Ach Quatsch! Wenn du das Buch da mitbringst und uns ein schönes Gedicht darauf vorliest, dann bekommst du auch ein Stück Stollen!", entgegnete Carola und setzte hinzu: „Und einen schicken Pullover finden wir für dich bestimmt auch noch!"

Danach trat sie näher und blickte sorgenvoll auf Melissa herunter. „So lange schläft doch kein Mensch!", seufzte die Schwester.

„Ja, ich bin mit meinem Latein auch fast am Ende, aber sage das bitte nicht dem Professor!"

„Ich werde mich hüten!", antwortete Carola und blickte auf den Plan. „Wir sollten heute den Katheter neu machen. Ich schicke dann Barbara vorbei und du solltest unbedingt zu uns zur Weihnachtfeier kommen!"

„Ich komme dann mit Barbara mit und lasse Melissa noch ein wenig schlafen!", gab Lisa ihr zurück und wusste doch schon, dass sie dieses Versprechen wohl nicht einhalten würde.

Carola nickte ihr zu, ging und Lisa schlug das alte Kinderbuch abermals auf. Eine lustige Weihnachtsgeschichte begann auf der nächsten Seite.

Langsam und mit verteilten Rollen las sie die Erzählung vor und musste dabei gelegentlich schmunzeln.

Dann betrat Barbara das Zimmer und hatte eine Schüssel in der Hand, auf welcher der neue Katheter lag.

„Stellen sie den einfach hier her, ich wechsele denn dann selbst! Sie können dann zur Feier zurückgehen!", sagte Lisa, die sich nicht unterbrechen lassen wollte.

„Wirklich? Ich meine, das geht ziemlich schnell", erwiderte die Lernschwester.

„Kein Problem, ich mache das dann", antwortete Lisa.

Barbara war sich sichtlich unsicher, nickte dann aber und ging. Auf dem Weg zur Tür blickte sie sich allerdings noch zweimal fragend um.

Natürlich war es ihre Aufgabe den Schlauch zu wechseln und Lisa eigentlich nicht hier, oder wenn dann nur zu Besuch, aber sie wollte der jungen Schwester nicht die Freude an der Weihnachtsfeier verderben.

Als die Tür geschlossen war, dachte Lisa daran, dass Carola sicher gleich zurückkam, wenn Barbara ihr sagen würde, dass sie den Blasenkatheter selbst wechseln würde.

Sie klappte das Buch zu, legte es auf den Nachttisch und zog den alten Schlauch vorsichtig aus ihrer Patientin.

Das war eine Tätigkeit, die sie im Praktikum vor ein paar Jahren das letzte Mal gemacht hatte, aber das war wie Fahrradfahren. Einmal gelernt, vergaß man das nicht mehr.

Als sich Lisa allerdings umdrehte, um den Schlauch in den Müll zu werfen, stieß sie mit dem Arm an die kleine Nierenschale mit dem neuen Katheter.

Scheppernd fiel das Metallgefäß herab und der eigentlich sterile Schlauch landete selbstverständlich auf dem Fußboden.

„Mist! Anfängerfehler!", stöhnte Lisa auf.

Jetzt würde sie zu der Schwester gehen müssen, um sich einen neuen Katheter zu holen.

Schnell sammelte sie die Sachen zusammen und wollte gerade gehen, als sie aus dem Augenwinkel bemerkte, dass sich die Hand ihrer Patientin bewegte.

Sofort beugte sie sich über die Frau und fragte: „Melissa? Bist du wach? Ähm, Frau Müller? Hallo?"

Sie bemerkte, dass die Frau ihre Augen unter den noch geschlossenen Lidern bewegte und auch die Geräte änderten ihre Anzeigen.

Frau Müller würde keinen neuen Katheter mehr brauchen.

Lisa drückte den Taster der Rufanlage und im selben Moment schlug Frau Müller die Augen auf.

Das glich einem Wunder im Advent!

19. Kapitel

Aufgewacht oder zurückgekehrt?

Mit dröhnendem Kopf kam Melissa langsam wieder zu sich und fasste sich, noch mit geschlossenen Augen, an die Stirn.

„So ein verdammter Elch!", kreisten ihre Worte noch als Gedanke durch ihr Hirn, während sie langsam die Lider öffnete.

Elisabeth hatte sich über sie gebeugt und sah ziemlich besorgt aus.

„Frau Müller, geht es ihnen gut?", fragte die Freundin.

Melissa brauchte noch einen Moment, um sich zu sammeln, dann setzte sie ihr entgegen: „Waren wir denn nicht schon beim du? Die ganze Zeit hast du mich doch schon Melissa genannt!"

Langsam wurde das Bild schärfer und jetzt erst bemerkte sie zwei andere Frauen, die sich ebenfalls über sie beugten.

„Wo bin ich?", erkundigte sie sich.

„Sie sind im Krankenhaus, weil sie einen Zusammenstoß hatten!", erklärte eine der anderen Frauen.

„Ja! Da war so ein blöder Elch, der mir in den Weg gesprungen ist!", antwortete Melissa und das Dröhnen im Kopf wurde langsam etwas erträglicher.

„Eigentlich war es ein Rentier!", erklärte Elisabeth und beugte sich erneut über sie.

Melissa versuchte sich aufzusetzen, aber das ging nicht so gut, weil eine Menge von Kabeln und Schläuchen mit ihr verbunden war.

„Ähm, ich weiß nicht viel von den Tieren des Waldes, aber dieses Mal war es ein Elch und kein Rentier! Das kann ich gerade noch so voneinander unterscheiden", erklärte sie und blickte zu den drei Frauen auf, die noch immer mit besorgten Gesichtern an ihrem Bett standen.

Elisabeth sah ein wenig anders aus, der lange Zopf war einem kurzen Pferdeschwanz gewichen.

„Ich habe Durst, mein Hals ist so trocken", brachte Melissa jetzt heraus, weil ihre Stimme bisher etwas kratzig geklungen hatte.

„Das ist der langen Zeit geschuldet! Sie haben schließlich mehr als eine Woche hier gelegen!", entgegnete Elisabeth und gab ihr einen Becher.

Eine der beiden anderen Frauen betätigte einen Schalter und das Kopfteil des Bettes fuhr ein Stück hoch.

Jetzt erkannte sie das Zimmer und es sah so aus, wie jenes, in dem sie vor einem Jahr wegen der Operation gewesen war, aber so sah vermutlich jedes Krankenhaus aus.

„Danke, Elisabeth", sagte sie und nahem den Becher entgegen.

Die Freundin sah sie verwundert an.

„Wenn wir schon beim du bleiben wollen, dann wenigstens Lisa. Elisabeth hat mich meine Mutter immer nur genannt, wenn ich was ausgefressen habe. Und wenn sie meine anderen beiden Vornamen dazu gesetzt hatte, dann war die Kacke wirklich am Dampfen!", entgegnete die Freundin nach einem Moment.

„Du heißt Elisabeth?", fragte eine der anderen beiden Frauen.

Lisa nickte und nahm ihr den Becher wieder ab.

Das passte alles so rein gar nicht zusammen. Irgendetwas stimmte hier nicht.

„Und warum hast du deinen schönen langen Zopf abgeschnitten? Du warst doch immer so stolz darauf?", fragte Melissa nach.

„Ähm? Du hast doch deine Haare schon ewig so!", erklärte eine der anderen Frauen.

Lisa zog fragend die Augenbrauen hoch.

„Wo bin ich eigentlich jetzt genau?", erkundigte sich Melissa, die gerade so ein seltsames Gefühl in sich verspürte.

Die dritte Frau nannte den Namen der Universitätsklinik in ihrer Heimatstadt.

Damit war sie jetzt definitiv nicht mehr in dieser anderen und so viel besseren Welt, sondern erneut in ihrer eigenen. Und damit war Christopher unendlich weit von ihr entfernt!

„Mist!", stöhnte sie bei dieser Erkenntnis auf.

126

All diese unnützen Sorgen prasselten mit einem Male wieder auf sie ein. Die Tristesse ihres bisherigen jämmerlichen Lebens war wieder da, mit der ungeliebten Arbeit, der Wohnung und diesen kommenden freudlosen Feiertagen, denn zwei der Frauen trugen bunte Rollkragenpullover mit weihnachtlichen Motiven darauf.

„Wenn ich eine Woche fort war, welcher Tag ist dann heute?", erkundigte sie sich und fasste sich erneut an den Kopf.

Die bis vor kurzem noch deutlich zu fühlende Beule war allerdings verschwunden.

„Sonntag, der erste Advent!", erklärte Lisa und schob ihr ein Kissen unter den Kopf.

Jetzt musste Melissa erst mal all ihre Gedanken sortieren.

Während Lisa mit einer Frau den Raum verließ und damit nur noch eine jüngerer Frau bei ihr blieb, überlegte Melissa, was in den letzten Tagen geschehen war.

Es konnte definitiv kein Traum gewesen sein, denn bisher hatte sie von Träumen meist nur kleine Bruchstücke behalten, wenn sie sich überhaupt noch hatte daran erinnern können.

Das hier war anders. Sie hatte noch jedes Detail der vergangenen Tage im Kopf. Und selbstverständlich auch all das, was sie für sich zu ändern vorgenommen hatte.

Dazu musste sie jetzt allerdings das Krankenhaus erst mal verlassen können.

Erneut erinnerte sie sich an die vier Dinge, die in den letzten Tagen so wichtig geworden waren. Derjenige, der auf der anderen Seite die Fäden gezogen hatte, der musste sich ja etwas dabei überlegt haben.

Zuerst die Wohnung, danach etwas weniger im Job tun, damit Zeit für Freunde und Männer blieb und danach eventuell eine Familie?

In der Reihenfolge war es geschehen und da das Letzte, worüber sie mit Elisabeth vor dem Unfall mit dem Elch gesprochen hatte, das Weihnachtsfest gewesen war, war das wohl so eine Art von Zeitrahmen für sie.

Drei Wochen waren es noch, einundzwanzig Tage, um ihr gesamtes bisheriges Leben vollständig umzukrempeln!

Was geschah wohl anderenfalls?

Da war so eine leise Stimme in ihr, die sie gerade davor warnte, diese Chance zu ignorieren.

Und ein neuer Gedanke blitzte hoch: Wenn es hier eine Lisa gab, die der Elisabeth aus der anderen Welt so sehr glich, dann gab es hier eventuell auch einen Christopher!

Sie musste ihn nur finden! Oder er würde zu ihr geführt werden, wenn sie die ersten beiden Schritte gemacht hatte.

Wohnung und Freundin!

Die Freundin wäre eventuell Lisa und die Wohnung? Hatte da nicht vor einem halben Jahr mal so ein Immobilienmakler angerufen? Die Nummer musste sie doch noch haben.

„Kann ich mal mein Handy bekommen?", fragte sie die Frau, die an ihrem Bett geblieben war.

Die Frau nickte, ging zu ihrem Schrank und brachte ihr das Mobiltelefon.

Bevor Melissa es entgegennahm, trank sie noch einen Schluck aus dem Becher. Die Stimme klang jetzt wieder so, wie sie es gewohnt war.

Sie schaltete ihr Telefon ein und suchte die Telefonnummer heraus. Es dauerte eine Weile, und als sie die Nummer gefunden hatte, begriff sie, dass ja heute Sonntag war und das Büro des Maklers an diesem Tag definitiv nicht besetzt sein würde.

Aber die Kontaktdaten waren schon mal da und sie würde dort am nächsten Tage anrufen.

Das wäre der erste Schritt.

Lisa wäre dann wohl der Zweite!

Und danach Christopher?

Möglicherweise! Hoffentlich!

20. Kapitel

Im Zweifel für die Freundschaft

$\mathcal{M}$it eiligen, aber dennoch routinierten und konzentrierten Handgriffen hatten sie soeben Frau Müller überprüft und momentan war nur Barbara im Zimmer bei ihr geblieben.

Gerade lief Lisa grübelnd neben ihrer Freundin zum Umkleideraum. Zwar waren sie nicht im Dienst und auch nicht entsprechend gekleidet, aber mit Melissas Erwachen wollte sie den Fall nicht mehr an ihren Kollegen übergeben.

Der hatte sich mit seiner vorschnellen Festlegung auf einen Hirnschaden nur selbst ins Abseits geschossen, obwohl er heute eigentlich Dienst auf der Station hatte.

„Sie muss im Koma wirklich jedes Wort von dir gehört haben. Wie hätte sie sonst darauf drängen können, dass du sie auch weiterhin mit du und dem Vornamen ansprichst?", bemerkte Carola beim Umziehen.

„Ich denke gerade über etwas anderes nach", entgegnete Lisa, setzte sich auf die Bank und erzählte weiter: „Ihre Worte gehen mir nicht mehr aus dem Kopf. Die ganze Zeit schon fühle ich so eine seltsame innere Verbundenheit! Und sie hat mich Elisabeth genannt. Seit meinem vierzehnten

Lebensjahr nennt mich nur noch meine Mutter so. Und das mit dem Zopf gibt mir auch zu denken. Ich hatte mal einen wunderschönen langen Zopf, auf den ich ganz besonders stolz war, aber den habe ich mir mit sechzehn abgeschnitten und so eine modische Kurzhaarfrisur zugelegt! Woher weiß sie also davon? Kennt sie mich noch von damals? Waren wir eventuell in derselben Schule? Eine Melissa Müller sagt mir allerdings nichts, aber sie muss ja im selben Jahr hier in die Schule gekommen sein."

„Du meinst, sie hatte damals einen anderen Namen und kennt dich daher?", erwiderte Carola.

„Möglich, woher sollte sie das sonst noch alles wissen?", antwortete Lisa.

Carola zuckte mit den Schultern. „Nicht mal ich kannte ja deinen Vornamen", erklärte sie noch, und hielt ihr einen weihnachtlichen Rollkragenpullover hin.

„Eben!", bemerkte Lisa, zog sich den Pulli an und warf sich danach den Kittel über.

„Du musst mir nicht helfen! Du hast doch heute frei! Ich will sie nur nicht meinem Kollegen überlassen, du könntest an deinem arbeitsfreien Sonntag auch zu deiner Weihnachtsfeier gehen", teilte sie der Freundin noch mit.

„Und dir den ganzen Spaß überlassen?", erwiderte Carola mit einem Augenzwinkern.

„Na dann los! Wir machen das kognitive Standardprogramm zum Test aller Funktionen und eventuell finde ich dabei ja heraus, woher wir uns kennen!", erklärte Lisa und erhob sich von der Bank.

„Ich glaube nicht, dass sie dich von früher kennt", entgegnete Carola und trat neben sie.

Dabei zeigte sie auf eines der Jugendbilder, die in der offenen Tür des Schrankes klebten.

„Du siehst heute ganz anders aus, als damals. Wie hätte sie dich nach mehr als zehn Jahren noch erkennen können? Und sie hat dich gleich nach dem Erwachen mit Elisabeth angesprochen", erklärte die Freundin.

Jetzt zuckte Lisa mit den Schultern.

Es war schon alles sehr seltsam, aber gegenwärtig waren erst mal ihre medizinischen Kenntnisse gefragt.

Lisa schloss den Schrank, sie gingen zurück und begannen mit der Untersuchung.

Eine Stunde später waren alle Tests erst einmal gut verlaufen.

„Wie fühlst du dich?", fragte Lisa, als sie ihre Patientin wieder in das Krankenzimmer geschoben hatten.

„Ein bisschen schlapp und ich habe leichte Kopfschmerzen", gab Melissa ihr zurück.

„Die Schwester bringt dir dann etwas für deinen Kopf und auch ein Mittel, dass du in der Nacht schlafen kannst."

„Ich habe doch schon eine ganze Woche geschlafen", setzte Melissa ihr entgegen.

„Kannst du die Dinger nicht abmachen?", fragte sie und zeigte auf die Kabel, über die sie noch mit den Geräten verbunden war.

„Ich würde die gern noch eine Nacht dran lassen. Du warst eine Woche ohne Bewusstsein und wir müssen erst mal herausfinden, warum das so war. Ich tippe ja auf eine chronische Erschöpfung und Überarbeitung, aber ich will auch kein unnötiges Risiko eingehen", gab Lisa ihr zurück und schob ihr das Kissen zurecht.

Gerade waren sie beide alleine im Zimmer und daher zog sich Lisa abermals den Hocker zum Bett und setzte sich zu Melissa.

„Du hast mich vorhin Elisabeth genannt", begann Lisa.

„Oh, entschuldige. Ich konnte ja nicht wissen, dass du dich mit Lisa besser fühlst", antwortete Melissa.

Lisa winkte ab und setzte hinzu: „Mir ist es so, als ob wir beide uns schon ewig kennen würden, aber ich komme nicht drauf, woher."

In der folgenden halben Stunde erörterten sie alle möglichen Plätze in der Stadt, an denen sie eventuell zusammengetroffen sein konnten, aber weder beim Kindergarten noch bei der Schule und noch nicht mal bei den Discos gab es auch nur eine einzige Überschneidung.

Sie und Melissa waren in den beiden jeweils entgegengesetzten Stadtteilen aufgewachsen und bei mehr als einer halben Million Einwohnern in diesem Ort war es wohl auch unwahrscheinlich, dass sie sich da so nahe gekommen wären, als dass Melissa wirklich ihren Namen hätte aufschnappen und dann auch noch über mehr als zehn Jahre hätte behalten können.

Es blieb für Lisa ein Rätsel.

Nur dieses Krankenhaus war der Punkt, ab dem alles begonnen hatte und wo sie erneut aufeinandergetroffen waren. Wenn man an Schicksal glaubt, dann war das eventuell so, aber wo war die Antwort auf ihre Frage?

„Ich habe dir ein Buch mitgebracht, aus dem ich dir vorlesen wollte. Wenn du magst, dann kannst du es lesen", erklärte Lisa und zog das Buch zu sich.

Melissa schlug es auf, stutzte und bemerkte: „Das habe ich als Teenager regelrecht verschlungen!"

„Ich auch! Noch eine Gemeinsamkeit!", antwortete Lisa.

„Na ja, wenn man zum selben Zeitpunkt am selben Ort geboren wird, dann ist das laut Horoskop auch normal!", erwiderte Melissa.

„Also ich glaube nicht an so etwas. Ich bin da mehr für die Wissenschaft", bemerkte Lisa.

Melissa blickte sie an und da war so etwas in ihren Augen, was Lisa glauben ließ, dass die andere Frau ihr nicht alles erzählt hatte. Es schien ein Geheimnis darin zu liegen, aber das würde mit der Zeit auch noch ergründet werden.

Zuerst brauchte Melissa etwas Ruhe, um sich von der Aufregung zu erholen.

„Kann ich noch etwas zu essen bekommen? Ich habe Hunger?", fragte Melissa schließlich.

„Ich schaue mal, ob ich was für dich bekomme", entgegnete Lisa und erhob sich von ihrem Platz.

Im Aufenthaltsraum der Schwestern gab es doch bestimmt etwas zu essen, denn die Weihnachtsfeier war ja noch im vollen Gange.

Vorsichtig schob sie die Tür auf.

Carola saß am Tisch und winkte sie zu sich.

„Ich hole nur schnell was zu essen für Melissa, dann komme ich zu dir", sagte Lisa zu ihr.

Carola schob einen Teller mit etwas Stollen herüber und goss eine Tasse Kaffee ein.

Mit beiden Dingen ging Lisa zurück in das Zimmer und stellte diese neben Melissa ab.

„Ich danke dir. Bleiben wir Freundinnen?", fragte Melissa, als sie die Tasse griff.

„Selbstverständlich gern", entgegnete Lisa und nickte ihr zu.

„Wenn du noch etwas brauchst, dann drücke einfach auf den Knopf", setzte Lisa noch hinzu, bevor sie jetzt endlich zur Weihnachtsfeier der Schwestern gehen konnte.

Eine andere Freundin wartete dort auch auf sie und das ging jetzt erst mal vor, aber im Zweifel war Freundschaft wichtiger, als alles andere.

21. Kapitel

Ein Schritt nach dem anderen

Der Abend senkte sich über die Stadt und vor dem Fenster wurde es langsam dunkel. Endlich fand Melissa die Ruhe, die sie gerade brauchte.

In den letzten Stunden war sie zu aufgeregt gewesen, um einen klaren Gedanken zu behalten.

Jedes Mal, wenn sie geklingelt hatte, war Lisa persönlich erschienen, obwohl es, nach ihrer Aussage, eigentlich ihr freier Sonntag gewesen war.

Frau Dr. Thiess, daran musste sie sich jetzt erst mal gewöhnen.

Melissa lehnte sich im Bett zurück und schaute zu dem ausgeschalteten Fernseher. Sie hätte ihn anstellen können, um sich von den Gedanken abzulenken, aber das hatte sie in den letzten Monaten zur Genüge getan.

Es juckte sie in den Fingern, das Mobiltelefon vom Nachttisch zu ziehen, oder eine andere Art von Ablenkung zu suchen, die sie davon abhielt, nachzudenken, aber sie musste sich über einiges klar werden.

Durch den Unfall war sie irgendwie auf sich selbst zurückgeworfen worden.

Eine neue Erkenntnis hatte damit Platz in ihrem Kopf: Ich muss das Leben lieben. Ich möchte nicht mehr meine Gefühle in Alkohol ertränken und nicht mehr für die Jobs als Model hungern.

All die Zeit war sie doch innerlich tot gewesen! Das war jetzt endgültig vorbei!

Das Leben war zurück und das sollte wohl auch die Botschaft sein, die ihr der Schlag auf den Kopf gebracht hatte.

Leben und nicht nur funktionieren.

Damit wäre dann auch Platz für die Liebe, für Freundschaften und das wirkliche Lebensgefühl.

Aber war sie wirklich schon dazu bereit?

Es würde schwierig werden, nicht wieder auf das alte Dasein zurückzufallen! Doch hatte sie sich das nicht auch in der anderen Welt bereits so vorgenommen?

Mit dem Blick zur Zimmerdecke zog sie jetzt die Parallelen zwischen diesem Leben hier und dem der letzten Woche.

Diese andere Existenz war einfacher gewesen! Schöner! Entspannter und angenehm!

Und sie stellte augenblicklich auch Elisabeth und Lisa nebeneinander, denn da gab es so viele Übereinstimmungen: Lisa war Ärztin, Elisabeth Heilpraktikerin, beide hatten sie freundschaftlich und herzlich betreut und sich aufopferungsvoll um sie gesorgt.

Und bis auf die Haarlänge waren sie sich auch noch äußerlich so unglaublich ähnlich.

Die Erklärung mit der Parallelwelt hatte sie vermieden, weil Lisa schon so seltsam auf die Erwähnung des Horoskops reagiert hatte.

Diese Lisa hier war Wissenschaftlerin durch und durch. Elisabeth war da wohl etwas offener und pragmatischer ihrer eigenen spirituellen Seite gegenüber.

Zumindest hatte sie dies in den Gesprächen an den Abenden beim Kerzenschein in der kleinen Hütte so gesagt, aber eventuell steckte das auch noch ganz tief in Lisa drin.

Jedenfalls waren sie auch in dieser Welt Freundinnen geworden. Und durch diesen Bund hatte Melissa schon den ersten Schritt vollzogen.

Der nächste kam am folgenden Tag, wenn sie endlich den Makler anrufen konnte, aber was kam dadurch auf sie zu? Sie brauchte doch erst mal eine Bleibe, bis sie eine neue Wohnung für sich gefunden hatte.

Tamara, ihre einzige Freundin und Schreibtischnachbarin im Büro der kleinen Elektrofirma, wohnte noch bei ihren Eltern, da konnte sie unmöglich für ein paar Tage auf deren Couch schlafen.

Doch was wäre mit Lisa? Konnte sie die Ärztin einfach so mit dem Anliegen überfallen?

In dem anderen Universum hatte das ganz hervorragend und ohne ein einziges Wort funktioniert.

Und hier?

Wenn Elisabeth wirklich noch in Lisa steckte, dann würde sie wohl kaum etwas dagegen haben.

Oder doch?

Das war eine schwere Frage und die musste sie auch noch klären, bevor sie am nächsten Tag dem Makler das ok gab.

Oder sollte sie gleich noch fragen?

Vielleicht war Lisa ja noch da?

Mit einem Blick zum Wecker zog sie den Klingelknopf zu sich. Sie zögerte einen Moment, ob sie die Freundin wegen soll einer Nichtigkeit rufen sollte, wo das doch auch noch Stunden Zeit hatte, aber der nächste Schritt drängte sie dazu und daher betätigte sie dann schließlich den Taster.

In den folgenden zwei Minuten überlegte sie, was danach die nächste Aufgabe war. Wie war das in der anderen Welt? Zuerst Lisa, dann die Wohnung und danach hatte sie Christopher getroffen. Gab es den auch hier?

Das war wohl anzunehmen, denn sie war ja hier auch Elisabeth in der Form ihrer neuen Freundin Lisa begegnet.

Die Vorfreude auf ihn sauste mit einem Male durch ihren Leib. Es wäre schön, ihn auch auf dieser Seite wiederzutreffen! Und sie war sicher, dass es hier einen gab, der sie wirklich aufrichtig lieben würde.

Nicht so, wie ihr verdammter Exfreund!

Doch um dorthin zu kommen, musste Lisa erst mal zustimmen, dass sie bei ihr wohnen durfte.

Wenigstens vorübergehend!

Freundschaft, Wohnung, Liebe und danach die Familie. Das war der Plan!

„Brauchst du noch was?", fragte Lisa, die gerade die Tür aufschob.

Melissa winkte sie zu sich und Lisa schloss hinter sich die Tür.

„Du entschuldigst bitte, aber ich habe mal eine Frage und sei mir deswegen nicht böse!", begann Melissa.

Lisa setzte sich auf ihren schon gewohnten Platz.

„Ich brauchte für ein paar Tage eine Bleibe", setzte sie fort.

„Und was ist mit deiner Wohnung?", fragte Lisa nach.

„Mir ist klar geworden, dass die viel zu groß für mich ist. Ich werde morgen den Makler anrufen, der die schon ewig von mir übernehmen wollte. Doch dann brauche ich eine Unterkunft, bis ich etwas anderes gefunden habe. Könnte ich diese Zeit auf deinem Sofa schlafen?"

„Erst mal bleibst du noch ein paar Tage hier zur Beobachtung", erklärte Lisa.

„Und danach?", erkundigte sich Melissa.

„Danach schauen wir mal. Meine Wohnung ist nicht so groß, wie dein Apartment, aber für dich finden wir schon noch ein warmes Plätz-chen!"

„Ich teile mir auch einen Winkel mit Lara", setzte Melissa hinzu.

„Du kennst sogar den Namen meiner Katze?", entgegnete Lisa verwundert.

„Du hast von ihr erzählt", erklärte sie schnell, weil sie im Moment noch nicht alles verraten wollte. Das blieb dann noch zu tun!

„Wir sehen uns dann morgen früh wieder. Schlaf gut!", entgegnete Lisa.

„Ja, danke dir, du auch!", gab Melissa ihr zu-rück.

Die Freundin erhob sich, nickte ihr noch zu und ging.

Damit waren die ersten zwei Schritte ge-schafft.

Zumindest fast.

Gerade überschlug sie, was sich alles in ihrer Wohnung befand. Es würde sicherlich ein ganz schönes Stück Arbeit werden, dass in nur zwei Wochen aus den Räumen zu bekommen!

Schwierig, aber bestimmt machbar!

22. Kapitel

Männer oder Frauen?

*D*ie Weihnachtsfeier der Schwestern war eigentlich ganz schön, aber Lisa wurde immer mal wieder von einer Art inneren Drang aufgefordert, nach Melissa zu schauen.

Und noch etwas anderes irritierte sie permanent: Über die Entfernung des halben Raumes fühlte sie Barbaras Blick ständig auf sich gerichtet.

Die junge Schwester trug ihr Haar heute offen, eine braune gelockte Mähne fiel ihr daher bis weit auf die Schultern und dazu hatte sie dann auch noch diese bezaubernden großen braunen Augen mit den wundervollen Wimpern, die heute besonders lang erschienen.

Eventuell hatte die junge Frau da etwas nachgeholfen, aber es war ja auch die Weihnachtsfeier und was sprach schon dagegen, die sonst eher strenge Klinikanzugsordnung mal an einem Tag im Jahr etwas lockerer zu sehen.

Jedenfalls gab ihre derzeitige Aufmachung Barbara so ein wenig das Aussehen von Bambi und dazu passte wohl auch der Pullover, der unter dem offenen Kittel zu erkennen war und welcher ein anderes Motiv aus demselben Zeichentrickfilm zeigte. Es war wohl nicht ganz weihnachtlich, einen Hasen zu präsentieren, aber trotzdem sehr schön.

Bei jedem Blick musste Lisa allerdings auch an die Worte der Frau denken. Das bedurfte sicherlich einer Aussprache, bevor sich Barbara eventuell falsche Hoffnungen machte.

Aber war das heute der richtige Tag dafür?

Barbara war im Dienst und sie noch privat. Oder sollte sie sich erst mal darüber klar werden, was sie wirklich selbst wollte, bevor sie die junge Frau eventuell vor den Kopf stieß?

Hatte sie nicht zuvor bereits festgestellt, dass sie bisher nur Pech mit Männern gehabt hatte?

War es damit gegenwärtig an der Zeit, sich umzuorientieren? Oder ging das einfach viel zu schnell?

Möglicherweise konnte sie auch darüber mit Barbara reden!

Es klingelte und die Anzeige kam diesmal nicht aus Melissas Zimmer.

Barbara sprang auf, schloss sich den Kittel und eilte hinaus.

Unwillkürlich zog es Lisa mit einer Minute Verzögerung hinter ihr her.

Auf dem leeren Gang wartete sie dann darauf, dass die junge Schwester das Krankenzimmer wieder verließ, um sie dort abzufangen.

„Schwester Barbara, ich muss mit ihnen reden", begann sie und bemerkte sofort, dass der

Tonfall irgendwie nicht passte. Sie räusperte sich und fragte noch: „Kann ich du zu ihnen sagen?"

Barbara nickte.

„Ich möchte nicht, dass du dir falsche Hoffnungen in Bezug auf mich machst", begann Lisa zu erklären und setzte danach hinzu: „Ich bin gerade etwas verwirrt, denn ich glaube, ich stehe auf Männer. Wie hast du gemerkt, dass du es anders fühlst?"

Als Lisa es ausgesprochen hatte, wusste sie, dass das vermutlich die blödeste Frage war, die man jemanden stellen konnte, aber jetzt war es erst mal raus und sie hoffte auf eine aufschlussreiche Antwort.

Barbara legte den Kopf ein wenig schief, griff sich in Gedanken in ihr wirklich faszinierendes Haar und schien zu überlegen.

Auf Armlänge standen sie voreinander im Flur und das kalte Licht der Neonröhren war im Moment das einzige, was Barbaras Schönheit in Mitleidenschaft zog. Diese junge Frau war wirklich bezaubern, aber war das schon die Antwort, die Lisa haben wollte?

„Bereits mit 14 Jahren wusste ich, dass ich Frauen liebe und ich war immer froh, lesbisch zu sein", begann Barbara leise und setzte fort; „Aber ich kann dir nicht beschreiben, warum das so ist. Es fühlt sich einfach richtig an, mit Frauen zusammen zu sein. Ich habe es nur zweimal mit

Männern probiert, aber das hat sich ziemlich un-echt angefühlt!"

War das nicht auch das, was Lisa bereits fest-gestellt hatte? Dass es mit den Männern einfach nicht funktioniert hatte? War die Alternative, es einfach mal mit einer Frau auszuprobieren?

Noch zögerte sie, diesen letzten Schritt zu ge-hen, aber sie spürte bereits tief in sich, dass dieser Widerstand mehr und mehr schmolz.

Vielleicht durch Barbaras Nähe? Möglicher-weise!

Und gerade dachte sie dabei auch an das Weihnachtsfest im Jahr zuvor zurück, da war sie einfach für ein paar Minuten mit Chris im Auf-enthaltsraum verschwunden.

Nach ein paar Bechern Glühwein hatten sie das wohl damals beide irgendwie gebraucht, aber es war wirklich nicht romantisch gewesen und auch das letzte Mal, dass sie Sex gehabt hatte, wie ihr gerade auffiel.

Sex unter Kollegen? Ging das?

Höchstwahrscheinlich nur dann, wenn man sich nach der Arbeit irgendwo privat traf. Und so einfach auf die Schnelle in irgendeinem Raum? Da konnte man keinerlei Gefühle entwickeln. Liebe war da kaum zu erwarten, eventuell nur die Befriedigung gemeinsamer Lust!

Mit einer schnellen Nummer würde sie aber auch wohl kaum herausfinden, ob sie mehr für Frauen oder für Männer empfand.

Das ging nur ruhig, gelassen und mit viel Zeit!

„Ich finde dich einfach so faszinierend", flüsterte Barbara abermals und strich dabei mit ihren Fingerspitzen über Lisas Wange.

Diese sanfte Berührung war federleicht und tat gleichzeitig so gut. Noch immer standen sie im Flur, nebenan feierten die Schwestern das Weihnachtsfest und nur gelegentlich war ein Weihnachtslied von drinnen zu hören.

War heute wirklich der Tag, um zu testen, was sie fühlte?

Diese Berührung gerade eben war schon mal etwas, was ihr bisher kein Mann gegeben hatte.

Barbara trat einen halben Schritt näher und so standen sie einfach von Angesicht zu Angesicht.

Übernahm die Lernschwester hier gerade eine Lehrerposition?

Barbara war um so vieles jünger, als sie, aber das spielte wohl gerade keine Rolle. Mit einundzwanzig wusste Barbara offensichtlich, was sie wollte. Und momentan war das wohl sie, zumindest sagten das diese verlockenden Augen!

Barbara schob sich noch ein kleines Stück näher zu ihr hin, dann flüsterte sie ihr ins Ohr: „Du weißt schon, dass du genau in mein Beuteschema passt. Es sind deine Augen, dein Mund, dein ganzer Körper, den ich unter deiner Kleidung nur erahnen kann und es sind deine Worte und wie du sprichst. Mit einer Berührung könntest du meine

Fantasie erwecken und es wird dich daher sicherlich auch nicht verwundern, dass ich dich haben will! Ich will diese Gier und Lust mit dir zusammen auskosten! Bis zur Neige!"

Diese Aufforderung war ziemlich eindeutig, aber sollte sie sich darauf einlassen? Jetzt lehnte sie sich zurück an die Wand, Barbara trat abermals ein Stück nach vorn und stütze sich mit einer Hand neben ihrem Kopf gegen die Wand.

Ihre Lippen waren wundervoll und nur eine Fingerbreite von den ihren entfernt, doch noch konnte sie sich nicht dazu durchringen, diesen einen Zentimeter zu überbrücken und dabei schien Barbara doch genau darauf zu warten.

So standen sie eine gefühlte Ewigkeit, bis Barbara wisperte: „Wenn sich zwei Menschen begegnen, muss nichts anderes passieren, als dass sie sich langsam kennenzulernen und eventuell Freunde werden, aber es kann auch das Wunder geschehen, dass sie mehr voneinander wollen. Dass sie sich in Lust und Begehren treiben lassen und zusammen einen Punkt erreichen, den ein einzelner Mensch nur schwer finden kann!"

Das hier war gerade nicht mehr die schüchterte junge Frau, das war ein Vamp auf Beutezug.

Und sie würde die Spur ihres Opfers sicherlich nicht mehr verlieren, aber ging das nicht alles viel zu schnell?

Oder sollte sie es einfach wagen, dieser Aufforderung nachzukommen?

Diese junge Frau hier brachte gerade ihr Innerstes zum Beben! Barbara hatte sie magisch in ihren Bann gezogen. Was würde geschehen, wenn sie sich darauf einließ?

Alles war im Umbruch und es war nur ein Zentimeter, der sie von der Antwort auf ihre Frage trennte!

23. Kapitel

Ein Morgen der Hoffnungen

*E*s hatte ziemlich lange gedauert, bevor Melissa dann endlich doch noch eingeschlafen war. Zuerst hatte sie die Tablette, die ihr Lisa hatte bringen lassen, nicht gewollt, doch schließlich hatte sie sich dann dazu durchgerungen, sie zu nehmen.

Obwohl sie zuvor tagelang geruht hatte, oder eben auch nicht, war es ein traumloser, aber erholsamer Schlaf gewesen, aus dem sie in aller Herrgottsfrühe wieder herausgerissen worden war.

Tage im Krankenhaus begannen früh! Es war irgendwie bezeichnend, dass sie in dieser Nacht nichts geträumt hatte, von den Tagen zuvor hatte sie noch immer jedes Detail im Kopf.

In der Art, als wäre sie wirklich dort gewesen. Es war wohl so eine Form von Urlaub. Oder wirklich ein anderes Universum!

Jedenfalls war sie dann doch in der Nacht leider nicht dort gewesen. Dazu hätte es wohl eines Zusammenpralles mit einem Hirsch bedurft und den hatte nur Lisa am Abend auf ihrem Pullover gehabt.

Nachdem die Reinigungskraft das Zimmer gesäubert hatte, hatte sie schließlich auch noch die Schwester rufen müssen, um auf die Toilette gehen zu können.

Mit all den Kabeln und Schläuchen konnte sie sich im Bett nicht bewegen. Es war ihr irgendwie peinlich gewesen, wie sie in der Toilette saß, während die Schwester vor ihr gestanden und gewartet hatte.

Dabei war ihr dann eingefallen, dass Elisabeth ihr ja genauso zugesehen hatte, als sie ein paar Tage zuvor in der kleinen Hütte vor ihr gestanden hatte.

Zwischen Toilette, Waschen und Frühstück hatte sie dann eine To-do-Liste gemacht. Vier Punkte standen darauf: Freundin, Wohnung, Liebe und Familie.

An den ersten beiden Punkten waren jetzt schon Haken dran, denn der Makler hatte richtig überschwänglich auf ihr Angebot reagiert, als sie ihn um halb acht Uhr in der Früh angerufen hatte.

Gerade machte die Schwester, die am Tage zuvor mit Lisa bei ihr gewesen war, alle Anschlüsse ab und rollte danach die Geräte aus dem Raum.

Lisa erschien als nächstes im Krankenzimmer und befragte sie zu ihrer Nacht und zum Wohlbefinden. Diese Fragen waren jetzt allerdings medizinisch zu sehen und nicht freundschaftlich, denn vermutlich bereitete die Freundin gerade die Daten für die Visite vor.

Danach erklärte sie schnell, welche Untersuchungen an diesem Tage noch anstanden und ihr schwirrte nach einer Minute bereits der Kopf bei all den medizinischen Fachbegriffen und Abkürzungen.

Sicherlich war das alles irgendwie nötig, aber so wirklich wohl war ihr dabei nicht.

Jetzt musste sie einfach auf Lisas Wissen und ihre Fähigkeiten vertrauen. Schon einmal hatte sie sich in ihre Hände begeben und es war ihr gut ergangen. Was sollte schon geschehen, wenn Lisa in der Nähe war?

Alsdann rollte die Lawine der Ärzte in ihr Zimmer und aus der Menge stach ihr sofort einer der Ärzte ins Auge. Er sah Christopher zum Verwechseln ähnlich und sie hätte ohne zu zaudern sofort den nächsten Haken aufs Papier gesetzt.

Es gab keine Zufälle! Sie wurde auch weiterhin von irgendjemanden geführt!

Der Mann hieß Dr. Wichmann, wie sie von seinem Namensschild ablesen konnte und er würde die Nachtschicht an diesem Tage übernehmen.

Das ließ auf einen angenehmen Abend hoffen, zumal sie auch an keinerlei Geräte mehr gestöpselt war und nur noch zwei Nächte zur Beobachtung bleiben musste.

Das wäre dann immerhin mehr Zeit, als sie mit Christopher in der anderen Welt gehabt hatte!

Damit blieb ihr jetzt nur noch übrig, die bis dahin verbleibende Zeit irgendwie herumzubringen, denn die Sehnsucht fraß sich gerade durch ihren Bauch.

Konnte es wirklich sein, dass die Liste so schnell abgearbeitet wurde? Alles in allem in drei Tagen?

Möglicherweise, wenn man wusste, wo man ansetzten musste! Und der Advent war ja auch eine Zeit der Hoffnung!

Hieß Advent nicht eigentlich auch: Warten auf die Ankunft des Herrn?

Im Moment wartete sie wirklich darauf, dass der Doktor am Abend zu ihr kam.

Und eventuell mit ihr!

Die Vorfreude war ja auch etwas, was in dieser Jahreszeit ganz besonders geschätzt wurde.

Lisa blieb jedenfalls die ganze Zeit in ihrer Nähe. Die Freundin hatte ihr noch einmal zugesichert, dass sie ab demnächst auf ihrem Sofa schlafen konnte und damit waren alle Sorgen erst einmal aus ihrem Kopf.

Der Umzug blieb noch ganz weit hinten. Darum musste sie sich kümmern, wenn sie aus der Klinik entlassen worden war.

Dazu hatte sie ja auch Zeit, weil sie noch ein paar Tage krankgeschrieben war und die Firma danach in den Jahresendurlaub ging.

Tamara hatte ihr am Telefon gesagt, dass sie die Inventur für sie mitgemacht hatte.

Zwischen all den Untersuchungen gelang es ihr dann auch noch, sich zu duschen. Es war wirklich eine Wohltat, das warme Wasser auf sich zu spüren und Lisa hatte ihr ein paar Tage zuvor zusammen mit der Wechselwäsche auch Handtücher und Duschgel aus ihrer Wohnung mitgebracht.

Nur das Parfüm fehlte, aber das würde der Doktor wohl kaum bemängeln können.

Im Spiegel besah sie sich den blauen Fleck, der als letztes Zeichen noch von dem Treffer des Scheinwerfers auf ihrer Stirn kündete.

In ein paar Tagen würde das gelb werden und vermutlich schon bald ohne ein weiteres Zeichen abgeklungen sein. Und wenn das Schicksal ihr auch weiterhin so gnädig war, dann wäre der Doktor noch Single.

Schließlich kam das Abendessen, danach verabschiedete sich Lisa bei ihr und damit kam das so lange herbeigesehnte Tagesende.

Aufgeregt wie ein Teenager hielt es sie kaum noch in ihrem Bett. Nur die Aussicht darauf, dass der Arzt sowieso noch seine Kontrollrunde durch alle Zimmer der Station machen würde, hielt sie davon ab, den Ruftaster zu betätigen.

Angestrengt überlegte sie dabei, wie sie ihn in ein Gespräch verwickeln konnte. Ihre bei den Jobs geschulten Fähigkeiten und Reize würden dann sicherlich ihre Wirkung auf ihn nicht verfehlen.

Nach dem Duschen hatte sie sich extra das hinten offene Hemd aus dem Krankenhaus übergeworfen und auf ihr eigenes Nachthemd verzichtet.

War der Arzt so, wie Christopher gewesen war? Die auffallende Ähnlichkeit im Verhalten von Elisabeth und Lisa ließ sie da das Beste hoffen.

Und wie das eben so war, wenn man etwas so unglaublich wollte, so dehnte sich die Zeit auch noch ewig hin.

Endlich öffnete sich die Tür, der Arzt betrat den Raum und erkundigte sich mit dieser wundervollen Stimme bei ihr, die ihr durch Mark und Bein ging: „Frau Müller, fehlt ihnen noch etwas?"

Das war die perfekte Frage und beinahe hätte sie geschrien: „Ja! Du!", doch sie antwortete gespielt gelassen: „Herr Doktor, können sie mal schauen? Ist das noch vom Katheter?"

Dabei streifte sie ihr Hemd ab, schob die Decke zurück und setzte sich nackt für die Kontrolle in Position.

Der Rest würde ein Kinderspiel!

24. Kapitel

Was läuft hier falsch?

Mit verheulten Augen und nassen Haaren stand Melissa vor dem Waschbecken ihres Krankenzimmers. Die Dusche gerade eben hatte nur kurz die Tränen weggewischt, die sofort danach wieder zum Vorschein gekommen waren.

Es war früh am Morgen und noch immer ärgerte sie sich über den Verlauf dieser Nacht.

Der Abend hatte so schön angefangen und dann war das Desaster geschehen: Es war der lausigste Sex ihres Lebens gewesen!

Einfach Fürchterlich! Und unmöglich!

Selbst das erste Mal damals am Baggersee war noch um Welten besser gewesen, als das, was ihr der Arzt am Abend gebracht hatte.

Oder eben auch: nicht gebracht hatte!

War es ihren Wünschen geschuldet, dass es dermaßen grenzenlos schiefgegangen war?

Möglicherweise!

Stundenlang hatte sie sich alles in den besten Farben ausgemalt, hatte sich vorgestellt, wie es wohl sein konnte und dieser Nachmittag mit Christopher hatte da offenbar so eine Erwartungshaltung in ihr geweckt, die vermutlich kein Mann der Welt erfüllen konnte.

Außer Christopher vielleicht, aber der war unendlich weit entfernt und dieser Arzt hier sah ihm nur zum Verwechseln ähnlich.

Er war nicht mal ansatzweise so, wie Christopher. Kein zärtliches Wort, keine liebe Geste, nichts! Er hatte sich noch nicht mal die Mühe gemacht, den Kittel auszuziehen.

Das hätte zwar eventuell auch reizvoll sein können, frivole Doktorspiele am Abend, aber das, was dann geschehen war, hatte ihr die ganze Nacht verdorben.

Keine zwei Minuten hatte es gedauert. Rein, raus, in ein Taschentuch abgespritzt und dann war er wortlos gegangen. Nicht ein Kuss, kein Streicheln, nur Sex und der auch noch völlig trivial!

Belanglos! Bedeutungslos. Rein mechanisch!

Selbst ihr von der Vorfreude auf ihn bereits so empfindliche Schoß hatte da nicht die Zeit gehabt, auch nur ansatzweise auf seine Kosten zu kommen!

Der Ärger und die Wut über ihre Dummheit hatten ihr dann den Rest der Nacht auch noch verdorben.

„Wie konnte ich nur so blöd sein!", stöhnte sie auf und wischte sich die Augen mit einem Taschentuch trocken, was allerdings nur kurz half.

Nackt und beschämt stand sie vor dem Spiegel und überlegte sich, warum das so gründlich missglückt war.

Lag es an ihr? An ihm? An der Situation?

Was hatte sie eigentlich erwartet? Er war Arzt in einem Krankenhaus und die Tür des Zimmers war nicht verschlossen gewesen.

Ein bisschen mehr Gefühl auf alle Fälle, aber purer mechanischer Sex? Ohne jede Empfindung? Das hatte sie sich weiß Gott nicht gewünscht.

Oder lag es eventuell daran, dass sie zu schnell gewesen war? Der zweite Punkt auf der Liste war zwar schon abgehakt, aber eigentlich noch nicht erfüllt, denn die Wohnung war ja noch nicht übergeben!

Hätte sie also warten sollen?

Sicher nicht, denn auch auf der anderen Seite hatte sie das nicht gemusst!

Mit dem Arzt war sie jedenfalls durch! Der würde nie wieder auch nur in die Nähe ihres Schlüpfers kommen, denn wozu gab es die freie Arztwahl und bestimmt würde Lisa in ein paar Minuten wieder hier erscheinen.

Sollte sie diese dunklen Gedanken mit der Freundin teilen? Vielleicht konnte es helfen, wenn man die Seele vor jemanden anderes ausschüttete und den Kummer abgab.

Oder würde Lisa dann den Arzt anbrüllen?

Verdient hätte er es auf alle Fälle!

Und wie dem auch so war, klopfte es und dann schob Lisa die Tür des Badezimmers auf und sah über den Spiegel in ihre verheulten Augen.

„Was ist denn los? Kann ich dir helfen?", fragte sie und trat zu ihr.

Melissa dreht sich zu ihr um und mit zuerst stockender Stimme und danach immer schneller sprudelten die Ereignisse dieser verhunzten Nacht aus ihr heraus.

„So ein Schwein!", platze es aus Lisa heraus, als diese das Ende der Geschichte gehört hatte.

Die Freundin zog sie in den Arm und hielt sie fest. Erneut schluchzte Melissa und weinte sich an Lisas Schulter aus.

Es tat wirklich gut, alles mit jemanden zu teilen.

Freundschaft war schon etwas Wunderbares.

„Den knöpfe ich mir dann gleich mal vor!", erklärte Lisa ziemlich entschlossen.

„Bitte nicht! Es war ja auch zum Teil mein Fehler!", schluchzte Melissa.

„Nein, dich trifft da gar keine Schuld. Du bist seine Patientin und er hätte wissen sollen, wissen müssen, dass man das nicht tut!", setzte Lisa beruhigend fort und strich ihr die Haare aus der Stirn.

Das tat richtig gut und diese Berührung versöhnte Melissa ein wenig mit ihrem Missgeschick.

„Zieh dich bitte an, die Visite beginnt dann gleich und ich werde dich dann heute schon nach

Hause lassen, damit du nicht noch eine weitere Nacht hier sein musst!", setzte Lisa mit sanfter Stimme fort und hielt ihr die Sachen hin.

Es war wunderschön, wenn da jemand war, der sich um einen sorgte.

„Ok, danke dir. Und was machen wir mit meiner Wohnung?", fragte Melissa, als sie sich die Sachen überstreifte.

„Ich würde dich heute Abend nach meiner Schicht bei dir zu Hause abholen. Wenn du einen Teil deiner Möbel nicht mehr brauchst, dann habe ich dir hier die Nummer vom roten Kreuz aufgeschrieben. Die holen die Wohnungseinrichtung bei dir ab und geben die danach an bedürftige Menschen weiter, dann sparst du dir das Umzugsunternehmen", erklärte Lisa und zog einen Zettel aus der Tasche.

Offenbar hatte sich die Freundin schon ein paar Gedanken mehr um den Umzug gemacht, als sie selbst.

Nur eine Stunde später befand sich Melissa mit dem Taxi auf dem Heimweg.

Der Kummer der letzten Nacht war vorerst verschwunden, denn jetzt standen erst mal andere Probleme an.

Die Prioritäten wurden neu gesetzt und eventuell kam der Moment mit der Liebe, ihrem dritten Punkt auf der Liste, genau dann, wenn das Thema mit der viel zu großen Wohnung nicht mehr zur Debatte stand.

Ihr Appartement war kalt und der Briefkasten von Werbung übervoll.

Melissa warf den Beutel mit der Wäsche in die Ecke des Flurs und ging bedächtig durch alle Räume. Es war der Beginn des Abschiedes von diesen Zimmern und damit von den Eltern.

Viel zu lange hatte sie diesen notwendigen Schritt vor sich her geschoben.

Als sie wieder am Anfang der Wohnung angekommen war, wählte sie die Nummer, die ihr Lisa gegeben hatte, und vereinbarte einen Termin zur Besichtigung ihres ehemaligen Heims und dessen Einrichtung.

Der Abtransport der Möbel würde nur ein paar Euro kosten und sie konnte damit auch noch Gutes tun.

Eventuell war die verpatzte Nacht so eine Art von Warnschuss gewesen. So in der Art: Mache nicht den dritten Schritt vor dem zweiten!

Die Großmutter hatte ihr mal gesagt: gehe langsam und du stolperst nicht!

Erst musste der zweite Haken fest sein, dann konnte sie den dritten in Angriff nehmen.

25. Kapitel

Zweierlei Nächte

Diese Nacht war für Lisa einfach nur eine Wucht gewesen. Zwar hatte sie Barbara während der Weihnachtsfeier im Flur des Krankenhauses noch widerstehen können, doch dann waren sie am Abend zuvor, praktisch einen Tag danach, dann doch noch gemeinsam aufgebrochen.

Sie hatte nach Barbaras eindeutiger Aufforderung noch eine Nacht und die Zeit für sich zum Nachdenken gebraucht, bevor sie dann den Entschluss gefasst hatte, es einfach zu versuchen.

Barbaras kleines Zimmer im Wohnheim war zwar nicht der romantischste Platz auf Gottes weiter Erde, denn es war eben ein spartanisch und zweckmäßig eingerichtetes Apartment in einem Wohnheim. Keine 15 Quadratmeter inklusive Küche und Dusche, aber Barbara hatte ihr diesen Platz zu einem Paradies gemacht, zu einem Lustgarten, mit nichts weiter, als ihnen beiden darin.

Und Lisa hatte diese Lust und die Sterne auf sich gespürt!

Es war göttlich gewesen!

Barbara war sanft, liebevoll und wirklich ausgesprochen zärtlich gewesen. Die junge Frau hatte sehr wohl ihre Zweifel gespürt und sich daher auch besonders viel Zeit gelassen.

Und sie war, obwohl fünf Jahre älter, trotzdem völlig unerfahren gewesen.

Selbstverständlich kannte sich Lisa, aus der Zeit ihres Studiums, sehr gut mit der menschlichen Anatomie aus, aber was die Schwester in diesen Stunden mit ihr gemacht hatte, das konnte man aus keinem Buch der Welt erlernen.

Das musste man erleben und genießen!

In dieser Nacht hatte sie den ersten Orgasmus ihres Lebens gehabt und jetzt wusste sie auch, warum es mit den Männern nie geklappt hatte: Die nahmen sich einfach nicht die Zeit, welche die Frauen dafür brauchten!

Und bisher hatte sie noch nicht einen getroffen, der sie nach ihren Bedürfnissen und Wünschen gefragt hatte, wie es Barbara einfach getan hatte.

Die junge Frau hatte am Abend verlockend gesagt: „Heute Nacht weihe ich dich in die Kunst der Liebe ein!"

Und so war es dann auch gewesen!

Unbeschreiblich schön!

Das konnte man mit Worten nicht ausdrücken! Das musste man gespürt haben!

Der Morgen nach einem kurzen gemeinsamen Schlaf hatte genauso zauberhaft begonnen, wie der Abend zuvor. Barbara hatte einfach nackt für sie beide Kaffee gemacht und sie hatte im T-Shirt auf der Bettkante sitzend einfach nur zugesehen, wie Barbara agierte.

Die Bewegungen der anderen Frau waren kraftvoll und dennoch anmutig und geschmeidig. In etwa so, wie Barbara sie in der Nacht verwöhnt hatte.

Barbara war ein anmutiges Wesen und ein Geschöpf der puren Lust gewesen, aber es war eben nur rein körperlich.

Da war trotz des Glückes und der Euphorie dieser zärtlichen Momente kein tiefes Gefühl der Zusammengehörigkeit entstanden. Es war purer, hemmungsloser und leidenschaftlicher Sex gewesen, aber keine Liebe.

Und auch Barbara bestätigte ihr dies danach.

Auch für die junge Frau war es ein Abenteuer gewesen und deren Lust jetzt offensichtlich gestillt.

Dennoch war es für sie beide wirklich schön gewesen und aus dieser wundervollen Empfindung der tiefen Zufriedenheit riss Melissa sie dann auch wieder heraus, als Lisa sie in ihrem Zimmer aufgesucht hatte.

Die Freundin hatte nicht solch eine schöne Nacht gehabt!

Die Erinnerung an die Weihnachtsfeier im Jahr zuvor war damit sofort wieder in Lisas Kopf gewesen. So ähnlich wie Melissas Schilderungen hatte auch sie es damals mit Chris empfunden. Schnell, ruppig, kaum mit Gefühl! Und hatte nicht auch Carola bereits irgendwann mal erwähnt, dass Chris hinter den Lernschwestern her war?

Bisher hatte sie das ignoriert, aber hier brauchte es wohl mal einen Denkzettel für Chris!

Nach der Visite und Melissas Entlassung aus der Klinik suchte sie daher Carola im Pausenraum auf. Kurz schilderte sie der Freundin, was Melissa ihr berichtet hatte.

Carola nickte und entgegnete: „Das sagte ich dir doch schon. Er heißt hier bei den Schwestern nur noch »Doktor Klempner«, weil er bei jeder ein Rohr verlegen will! Der vögelt rücksichtslos mit allen, die nicht bei drei auf dem Baum sind. Patientinnen, Schwestern, sogar eine Frau aus der Verwaltung hat er schon in deren Büro flachgelegt!"

„Und Ärztinnen ebenfalls!", seufzte Lisa.

„Du auch?", erwiderte Carola.

Lisa musste das nickend bestätigen und fragte: „Sollten wir das der Klinikleitung melden?"

„Was würde das ändern?", antwortete Carola.

„Wir könnten ihn aber auch mit Barbaras Hilfe in eine Falle locken und dann zur Rede stellen?", erklärte Lisa.

Als Barbara den Raum betrat, schmiedeten sie einen schnellen Plan. Danach wurde der Köder ausgelegt und prompt ging Chris ihnen ins Netz.

Im Aufenthaltsraum stellten dann drei ziemlich aufgebrachte Frauen den Mann zur Rede.

Und er zog den Schwanz ein, sogar buchstäblich gesehen!

Damit blieb nur zu hoffen, dass das auch eine Weile vorhielt und er diese Lehre verstand, denn sie wollte nicht wirklich die Leitung der Klinik mit so etwas belästigen müssen.

Der Rest des Tages war weitestgehend unspektakulär und zum Ende ihrer Schicht verabschiedete sie sich von Barbara, um zu Melissa zu fahren.

In deren Wohnung hatte sich schon einiges getan. Melissa hatte offenbar angefangen, mit ihrem vergangenen Leben abzuschließen und die Freundin empfing sie im Flur, wo schon einige gepackte Taschen bereitstanden.

Etwa eine halbe Stunde später machten sie sich mit dem bis zum Platzen vollgepackten Auto auf den Weg zu ihrer Wohnung.

Dort wartete Lara schon auffällig direkt hinter der Wohnungstür und obwohl das Kätzchen für gewöhnlich einen großen Bogen um jeden Besucher machte, strich sie Melissa sofort schnurrend um die Beine.

Eiligst packten sie Melissas Taschen aus und verstauten einen Teil davon im großen Schrank, danach setzten sie sich erschöpft auf das Sofa, dass dann ab sofort auch Melissas Schlafstätte werden würde, zumindest in der Nacht.

Der Abend begann mit einer Tasse wundervollen Rooibostees.

„Du hättest aber eigentlich auch noch ein paar Tage in deiner Wohnung bleiben können. Oder?", fragte Lisa ihre Freundin.

„Eigentlich schon, aber es hatte sich falsch angefühlt! Das hier scheint mir richtig zu sein! Meine Möbel werde ich vorübergehend einlagern!", entgegnete Melissa und hob Lara auf ihren Schoß.

„Ich könnte für deinen Umzug ein paar meiner Freundinnen fragen", erwiderte Lisa.

„Das wäre schön. Was hast du eigentlich dem Arzt gesagt?"

„Wir haben ihn ordentlich zurechtgestutzt und es wird ihm hoffentlich eine Lehre sein. Wieso hast du dich überhaupt so schnell auf ihn eingelassen?", erkundigte sich Lisa.

Daraufhin begann Melissa, zuerst zögerlich, eine ziemlich unglaubwürdige Geschichte von einer Parallelwelt zu erzählen, doch dabei fiel Lisa ein, dass ihre Großmutter vor vielen Jahren mal etwas Ähnliches erzählt hatte.

Ein Traum ist wie ein anderes Universum!

Und gewissermaßen hatte Melissa in ihrem Koma einen sehr tiefen Traum gehabt.

Lara zumindest schien ihr recht zu geben, denn das Perserkätzchen schnurrte gerade sehr laut zur Bestätigung von Melissas Worten. Und das Haus der Großmutter lag am Rande des Erzgebirges. Es war jetzt das Ferienhaus der Familie. Woher hätte Melissa das wissen können?

Nach dem Gespräch und ein paar Tassen Tee bereiteten sie sich für die Nacht vor, indem sie das Sofa gemeinsam bezogen.

Eine neue Nacht begann und diese würde dann sicherlich weniger aufsehenerregend werden, als die davor.

Es wurde etwas eng im Bad, als sie sich gemeinsam wuschen, was eigentlich nicht notwendig gewesen wäre.

Später im Bett kamen bei ihr die Bilder der vergangenen Nacht wieder hoch.

In der Dunkelheit war sie in ihren Gedanken erneut bei Barbara im Wohnheim und alleine die Erinnerungen an diese Stunden der Zärtlichkeit und Leidenschaft waren einfach nur wunderschön.

Mit der Ruhe war jetzt aber auch die Zeit, sich über einige Dinge klar zu werden. Vor allem darüber, was das Hochgefühl mit Barbara in ihr verändert hatte.

Stand sie mehr auf Frauen oder auf Männer?

Das wäre aber freilich völlig egal, denn wenn man die große Liebe fand, dann liebte man doch den Menschen.

Da spielte es überhaupt keine Rolle, welches Geschlecht er hatte.

Das war wohl die Quintessenz aus den mit Barbara verbrachten lustvollen Augenblicken!

Und auch über Melissas Worte von dieser Parallelwelt dachte sie nach, was dann dazu führte, dass der Schlaf nicht so schnell kam.

26. Kapitel

Aufbruch leichten Herzens?

Beinahe zwei Wochen hatte Melissa gebraucht, um die Wohnung der Eltern, die annähernd zwei Jahrzehnte lang auch die ihre gewesen war, so auf Vordermann zu bringen, dass jetzt, am Sonnabend vor dem dritten Advent nur noch ihr eigenes Zimmer zu beräumen war.

Es hatte länger gedauert, als sie es zuvor erwartet hatte, weil Lisa sie einfach nicht aus ihrer eigenen in diese Wohnung gelassen hatte.

Zumindest für ein paar Tage. Zur Schonung, wie die Freundin ihr erzählt hatte und Melissa hatte ihrer Ärztin dabei einfach vertrauen müssen.

Gerade schlenderte sie gedankenverloren durch die leeren Räume.

Ihre Schritte hallten regelrecht. Das rote Kreuz hatte am Mittwoch und Donnerstag sämtliche Möbel der Eltern geholt. Die Männer hatten ziemlich schleppen müssen, aber sie hatten alles mitgenommen, was sie loswerden wollte.

Nur ein paar Euro hatte sie das ganze Unternehmen bisher gekostet und sie hatte auch noch ein gutes Gefühl dabei gehabt, dass die Wohnungseinrichtung jetzt anderen zugutekam, die nicht ganz so viel hatten, wie sie, obwohl ja auch sie eigentlich nicht viel besaß.

Ihre ganze Habe passte jetzt noch in ein paar Kartons, die sie am Vormittag in einem Baumarkt gekauft hatte, und die momentan in einer Ecke des Flures darauf warteten, noch weiter befüllt und in die neue Wohnung getragen zu werden. Oder zumindest erst mal in die Einlagerung und zu Lisa.

So leer und ausgeräumt sahen die Räume noch um ein Vielfaches größer aus.

Am nächsten Tage würde dann Lisa mit ihren Freundinnen hier sein, um ihr beim Rest zu helfen.

In Gedanken versunken strich sie mit den Fingerspitzen über die Kartons, die ordentlich gekennzeichnet auf zwei Plätzen standen. Sie hätte das schon so lange tun sollen und es fühlte sich gut an, dass das ganze Arbeiten langsam zu einem Ende kam und dennoch war da so etwas wie Wehmut tief in ihr.

In diese Wohnung waren sie gezogen, als sie in die Schule gekommen war. In jeder Ecke dieser Räume steckte noch die Energie und es hingen Erinnerungen daran. Gute und auch weniger gute.

Zwanzig Jahre!

Viele Andenken, von denen die meisten in ihrem Kopf blieben und nur wenige in den Kartons gelandet waren.

Am Montag würde der Makler die Wohnung von ihr übernehmen und eventuell feierte dann

schon eine neue Familie hier Weihnachten, obwohl das vermutlich zu optimistisch sein würde,
denn es waren ja gerade mal noch acht Tage bis
zu dem großen Familienfest.

Und unwillkürlich sprangen dabei ihre Gedanken zu jenem ersten Weihnachtsfest, das sie in
dieser Wohnung gefeiert hatte. Es war ihr gerade
wegen dieser Räume so gut in Erinnerung geblieben. Und auch, weil der Vater sich an diesen ersten Festtagen damals hier wirklich Zeit für die
Familie genommen hatte. Sonst war er das reinste
Arbeitstier gewesen und sie hatte ihn oft nur Minuten am Tage gesehen, doch an jenen drei wundervollen Tagen hatten sie viel gemeinsam unternommen.

Schön war es gewesen, aber noch besser hätte
sie es gefunden, wenn das öfter so geschehen
wäre.

Irgendwie war es wohl bezeichnend, dass der
Vater wirklich bis zu seinem Tode für seine Firma geschuftet hatte. Da blieb kaum Zeit für die
Familie. Auch er hatte sich für diese Wohnung
krumm gemacht und erst jetzt hatte sie den Mut,
sich von diesem Dämon aus Stahl, Steinen und
Glas zu befreien.

Eine kleinere Wohnung hätte sicherlich auch
den Eltern genügt. Damit hätte der Vater eventuell mehr Zeit für sie gehabt und vieles wäre anders gekommen.

Hätte, aber es war eben leider anders gewesen. Nutzlos vertane Jahre, so viele verpassten Gelegenheiten, in denen sie einfach nur hätten glücklich sein können!

Und sie wollte nicht mehr unglücklich sein.

Niemals mehr!

Melissa setzte sich mitten in der Stube auf den Boden. Das hatte sie damals am ersten Tag auch gemacht, in genau derselben Geste, im Schneidersitz.

Vor ihren inneren Augen rannte die Zeit dahin. Von damals bis heute. Und es war nur ein einziges richtiges Weihnachtsfest dabei gewesen.

Das erste hier! Mit einem riesigen und bunt geschmückten Tannenbaum in einer fast leeren Stube!

Alle anderen Feste waren kaum der Rede wert. Geschenke unter dem Baum und nur mit Mutter in dieser Halle hier!

Daraus leitete sich eventuell auch ihre Antipathie gegen dieses Familienfest am Jahresende her, denn sie hatte es nie in der Form empfunden.

Es klingelte an der Tür und dieser Ton riss sie aus der Erinnerung heraus. Das musste Lisa sein, die sie wieder abholen würde.

Mit dem folgenden Tag wäre der zweite Punkt auf ihrer Liste wirklich abgehakt. Damit kamen dann noch zwei weitere!

Und eventuell eine Familie zu Weihnachten?

Diese Annahme war sicherlich genauso aussichtslos, wie die Erwartung des Maklers, dass die nächste Familie hier schon dieses Fest feiern konnte.

Möglicherweise brachte diese Wohnung keinem Menschen das große Glück. Zu weitläufig waren die Räume. So konnte keine anheimelnde Atmosphäre entstehen.

Seufzend erhob sie sich.

Sie hatte zwanzig Jahre für diese Erkenntnis gebraucht. Oder auch nur einen heftigen Schlag auf den Kopf!

Melissa trat zur Klingelanlage und ließ Lisa nach oben.

Wenig später betrat die Freundin den Flur und ihre Schritte hallten jetzt ebenfalls durch die entleerten Räume.

„Da bleibt ja kaum noch was für uns morgen zu tun", erklärte Lisa und es klang beinahe traurig.

„Ein bisschen ist schon noch übrig geblieben", entgegnete Melissa und schob die Tür ihres Zimmers auf.

Das war der einzige noch möblierte Raum in der Wohnung.

Zwei leere Kisten standen dort noch für den Rest, der nicht als Stück im Lager landen würde. Eine Rolle mit Luftpolsterfolie zum Verpacken war an eine der Wände angelehnt und etwas Werkzeug lag auf der alten Kommode bereit.

Und dort stand auch noch ihr alter Teddy! Der war mit ihr zusammen in diese Wohnung gekommen und sie würde mit ihm diese Räume auch wieder verlassen. Deshalb hatte sie ihn aus der Kommode geholt und ihm diesen exponierten Platz gegeben.

„Ich hatte mal einen ähnlichen", erklärte Lisa und strich mit der Hand über das braune zottelige Fell des Plüschtiers.

Eigentlich war es ein kitschiger Gedanke, denn sie war jetzt schon lange erwachsen, aber das Gefühl in ihr wollte es genau in dieser Art haben! Und schließlich hatte sie sich vorgenommen, nicht mehr so oft dem Kopf zuzuhören, sondern mehr den Empfindungen ihrer Seele zu vertrauen.

Das war auch etwas, was Elisabeth ihr damals erzählt hatte: Man sah nur mit dem Herzen richtig gut!

„Wir sollten jetzt heim fahren", erklärte Lisa.

Melissa nickte und bemerkte erst ein paar Augenblicke später, dass sie jetzt schon Lisas Wohnung als ihr Heim ansah.

Nach nicht mal zwei Wochen!

In dieser Wohnung hier hatte sie sich die ganzen zwanzig Jahre lang nicht wirklich zu Hause gefühlt.

Aber die richtige Wohnung war noch etwas entfernt.

Irgendwann im Januar würde sie da ganz sicher etwas Passendes finden und ihre Hand zuckte schon bei dem Gedanken, endlich das nächste Kreuz auf ihrer To-do-Liste zu setzen.

Die große Liebe!

Sie streifte alles Alte von sich ab und dieser Aufbruch an diesem Abend fiel ihr jetzt so unendlich leicht!

Was brachte der nächste Tag? Die nächsten Wochen?

27. Kapitel

Wo führt das hin?

Der dritte Advent wäre eigentlich eine Zeit für die Familie, für den Weihnachtsmarkt oder fürs Shopping am verkaufsoffenen Sonntag, aber sie wirbelten gerade zu fünft durch Melissas Wohnung.

Melissa, Carola, Barbara, Melissas Freundin Tamara und sie tanzten eigentlich mehr, als dass sie konzentriert arbeiteten.

Aus Barbaras Kofferradio dröhnten irgendwelche alten Schlager. Wo auch immer die Freundin den alten Kasten mit dem Holzgehäuse herhatte, er erfüllte gerade seinen Zweck.

Keiner von ihnen stand der Sinn momentan nach Weihnachtsliedern, die Arbeit war wichtiger.

Carola hatte am Anfang des Tages die Devise ausgegeben: „Wir Frauen können alles, was auch Männer können, nur besser!" Und nach diesem Motto ging ihnen die Arbeit flott von der Hand.

Ein Stück nach dem anderen landete unten in dem Kastenwagen, den Tamara von ihrem Vater ausgeborgt hatte. Das darin verstaute Inventar sollte dann zur Einlagerung und ein doch noch großer Rest würde vorübergehend in ihrer Wohnung seinen Platz finden.

Mäxchen, der kleine hellbraune Teddybär, hatte seinen Sitzplatz auf der Kommode mit einem exklusiveren auf dem Fensterbrett getauscht. Nach Melissas Wunsch würde dieses Stofftier mit ihr zusammen als allerletzter die Wohnung verlassen. Es war wohl so ein Ritual zum Abschied für die Freundin, dass sie sich ausgedacht hatte.

Der Teddy sah beinahe so aus, wie der Bär, den sie selbst einst gehabt hatte. Ihr eigenes Kuscheltier war in ihrer Erinnerung nur etwas dunkler gewesen.

Mit einer Kiste in der Hand trat Lisa in den Flur und hörte ein verdächtiges Geräusch aus dem Badezimmer.

Tamara und Barbara sollten eigentlich das Bad säubern, aber das Gekicher daraus und das Lachen zeugten gerade nicht von intensiver Arbeit.

Offenbar hatte es zwischen den beiden jungen Frauen heftig gefunkt. Da bahnte sich wohl gerade eine weitere heiße Nacht für Barbara und eine neue Erfahrung für Tamara an und Lisa gönnte es den beiden gleich alten Frauen.

Carola hingegen tanzte soeben mit dem Schrubber durch die riesige Stube und trällerte irgendein Lied aus einem Musical.

Auf dem Rückweg in Melissas Zimmer ließ die plötzlich einsetzende Stille im Gästebad Lisa zur Tür gehen und diese öffnen.

Die beiden Freundinnen standen gerade halbnackt und klatschnass im Kuss vereint mitten in ihrem selbst geschaffenen Chaos.

„He! Ihr sollt arbeiten! Knutschen könnt ihr später immer noch!", rief Lisa spöttisch in den Raum.

„Ach, Menno!", stieß Barbara aus, als sie nach dem Kuss wieder zu Luft gekommen war.

„Nichts darf man hier", entgegnete Tamara augenzwinkernd.

„Erst die Arbeit, dann das", begann Lisa.

„Du klingst wie meine Oma", unterbrach Barbara sie sofort und musste darüber lachen.

„Wie sieht denn das hier aus", entfuhr es Melissa, als sie ebenfalls zur Tür trat.

„Ziemlich feucht!", entgegnete Barbara zwinkernd.

Das traf offenbar nicht nur auf das Zimmer zu! Jetzt erst sah sich Barbara wohl um und zuckte lächelnd mit den Schultern.

Blitzartig stürzten sich daraufhin vier Frauen auf das Bad und binnen Minuten blitzte alles darin.

Anschließend musste dann der Föhn in Aktion treten, den Melissa extra noch einmal aus einer der Kisten holen musste, denn das Bad war der einzige geheizte Raum in der Wohnung. So nass wie die beiden Frauen momentan waren, hätten sie sich vor der Badtür sonst sicherlich eine Erkältung oder schlimmeres geholt.

Das gegenseitige Trockenföhnen war dann für Tamara und Barbara wieder solch ein kindlicher Spaß, dass sie die beiden dabei alleine in dem Raum ließen.

Die letzten Kisten musste noch zum Auto gebracht werden, Carola stellte den Schrubber zur Seite und schaute sich in den Räumen noch einmal um. Die Freundin hatte allerdings von der Wasserschlacht im Badezimmer nichts mitbekommen und Lisa hielt die Tür vor ihr zu, damit sie die beiden darin nicht stören würde.

„Ich habe dann noch eine Flasche Sekt auf dem Fensterbrett stehen!", erklärte Melissa und blickte sich ebenfalls in den Räumen um.

Die Tür des Bades war noch immer geschlossen, der Föhn war nicht mehr zu hören und eigentlich war die Wohnung fertig, allerdings mussten sie jetzt vor dem Badezimmer auf Tamara und Barbara warten, bis diese sich angezogen haben würden.

Es dauerte eine geschätzte Ewigkeit, bis die beiden strahlend zu ihnen in den Flur kamen, Melissa die Flasche öffnen konnte und die Gläser füllte.

Mit dem prickelnden Getränk bedankte sich die Freundin bei ihnen und stand doch schon mit Mäxchen im Arm im Flur.

Das war so eine stille Aufforderung, das Appartement so bald wie möglich zu verlassen.

Sie stießen an, tranken aus und verabschiedeten sich an der Tür voneinander.

Tamara und Barbara würden noch zum Lager fahren. Und danach sicher noch eine Nachtschicht dranhängen.

Carola eilte nach Hause und sie beide standen zum Schluss in der offenen Wohnungstür.

Mäxchen war wirklich der Letzte, der diese Wohnung in Melissas Arm verließ.

Mit ihrem Auto fuhren sie mit den Kisten zu ihrer Wohnung, wo sie diese auch noch nach oben schleppen mussten.

Zu zweit war das ganz schön anstrengend und schließlich standen die fünfzehn Kartons an einer Wand in der Stube, nach Inhalt und dessen Dringlichkeit sortiert.

Erschöpft und eigentlich völlig fertig fielen sie danach mit einem Kräutertee auf das Sofa.

Nebeneinander sitzend dachte jede für sich an diesen anstrengenden Tag zurück.

Kein Wort fiel, bis Melissa die Tasse auf den Tisch abstellte, sich ihr zuwandte und sagte: „Ich danke dir, dass du mich hier beherbergst!"

„Das mache ich doch gern. Wozu sind Freundinnen denn sonst da?", antwortete sie und stellte ihre Tasse zu der ihrer Freundin.

Sie blickten sich an und gerade war es ihr abermals so, als ob sie Melissa schon ihr ganzes Leben kennen würde.

Schulter an Schulter saßen sie nebeneinander auf der Couch und hatten die Gesichter zueinander gedreht.

Und jetzt versank sie in den Augen der Freundin. Da lag so ein sonderbares Leuchten darin, welches sie noch nie zuvor bemerkt hatte.

Gerade stieg da so eine Empfindung in ihr auf, die sie das letzte Mal bei Barbara gefühlt hatte, an jenem Nachmittag, als Melissa aus ihrer Parallelwelt in diese zurückgekommen war.

Melissa war verschwitzt und die Haare klebten ihr an der Stirn, aber im Moment war sie der schönste Mensch auf der ganzen Erde!

Der letzte Rest von Verstand hielt Lisa allerdings davon ab, den Geschmack dieser wundervollen Lippen zu kosten, denn das würde die Freundschaft sicherlich zerstören.

Oder auf ein neues Niveau heben?

„Was machst du nur mit mir", seufzte der Verstand in ihrem Kopf und wurde vom Herzen überstimmt, das sie regelrecht anbrüllte und aufforderte, Melissa zu sagen: „Mach mit mir, was immer du willst!"

28. Kapitel

Das dritte Kreuz

S töhnend, schnaufend und halbnackt lag sie auf dem Sofa, Lisa völlig unbekleidet zur Hälfte neben und über ihr. Beide kamen sie nur langsam wieder zu Atem.

„Oh! Mein! Gott!", seufzte die Freundin schließlich und rutschte entkräftet zur Seite von ihr herab. Die Lehne des Sofas fing sie auf, in die andere Richtung wäre sie sicherlich zu Boden gefallen.

Was war da nur geschehen? Melissa wusste es nicht. Sie hatten sich geküsst und danach war alles so unglaublich schnell gegangen.

Das, was sie an jenem Nachmittag bei Christopher gefunden und bei dem Arzt in der Klinik vergebens gesucht hatte, war ein nichts gegen das, was sie gerade mit Lisa erlebt hatte.

Das war nicht nur Sex, nicht mal einfach nur Liebe, hier hatten sich soeben zwei Seelen gefunden und waren für den Bruchteil eines Wimpernschlages miteinander verschmolzen, bevor sie diese gewaltige Explosion buchstäblich zu Boden gerissen hatte.

Die Nachwirkungen dieser Erschütterung tobten immer noch durch ihren Leib und ließen sie zittern.

Das war wohl die gigantischste Kraft im Universum. In der Sonne wurden Atome verschmolzen, aber wenn zwei Seelen im Höhepunkt miteinander eins wurden, dann stellte das alles andere in den Schatten.

Sie hatten keine neue Sonne gezündet, sie hatten ein neues Universum geschaffen, in dem nur sie zwei gewesen waren.

Unzählige Gedanken rasten durch ihren Kopf und verglühten wie Sternschnuppen.

Gegen das da eben verblasste alles andere!

In Büchern hatte sie von der Liebe auf den ersten Blick gelesen und von wundervollem Sex, aber nichts davon traf auch nur annähernd das, was sie gerade für Lisa in sich fühlte.

Und der Freundin schien es genauso zu gehen. Mit halb geschlossenen Lidern und offenbar noch immer vollkommen abwesend lag Lisa jetzt neben ihr. Ihre Brust hob und senkte sich rasend schnell und es schien derselbe Rhythmus zu sein, den ihr eigenes Herz auch ihr gerade vorgab.

Noch immer waren sie vereint, wenn auch jetzt nicht mehr körperlich, sondern mit dem Herzen und diese Verbindung würde nie wieder zu lösen sein! Nichts und niemand im Universum konnte dies!

Nur langsam kam wieder Bewegung in Lisa. Die Freundin strich mit ihrer Hand über Melissas Bauch und seufzte nur dabei.

Unfähig noch etwas zu sagen blickten sie sich einfach nur an. Das Leuchten dieser Explosion war noch in Lisas Augen zu erblicken. Und vermutlich auch in ihren eigenen!

Sie liebkoste das verschwitzte Gesicht der Freundin mit den Fingerspitzen und Lisa hob es ihr verlangend zu einem neuen Kuss entgegen.

Ihr eigener Mund erflehte diese Vereinigung, aber würden sie dabei eventuell das gesamte Haus sprengen?

Es blieb abzuwarten und es einfach zu versuchen.

„Ich liebe dich so unendlich", hauchte Lisa, bevor sie sich den von ihr so sehnlichst erwünschten Kuss holte.

Und abermals setzte dabei ihr Verstand aus.

Das war magisch und nicht von dieser Welt.

Ein sehr lautes Klopfen an der Wand holte sie wieder daraus zurück.

Sie realisierte einen Moment später, dass draußen schon tiefste Nacht war und ihr sehr lautes Liebesspiel offenbar den Nachbarn von der Nachtruhe abgehalten hatte.

Sie selbst hatte keinerlei Erinnerung an die letzten Stunden mehr, da war nur noch die pure Liebe in ihr.

Alles andere war ausgelöscht. Verglüht, geschmolzen, im gemeinsamen explosiven Höhepunkt hinweg gebrannt!

Der dritte Haken konnte von ihr auf der Liste gesetzt werden. Und abermals war es Lisa, bei der sie das Glück gefunden hatte.

Langsam erhob sich die Freundin von ihr. Oder besser, sie rutschte zur Seite und kniete einen Moment später auf dem Fußboden vor dem Sofa.

Melissa schob sich in eine sitzende Position und blickte sich um. Ihre Kleidung lag wild verteilt um sie beide herum und ein Teil davon war irreparabel zerstört.

Sie beugte sich nach vorn, nahm Lisas Gesicht in beide Hände und küsste die Freundin.

Doch dieser Kuss war nicht ganz so explosiv, wie die zuvor.

Vermutlich waren sie beide im Moment zu erschöpft, um weiterzugehen.

„Ich lieb dich", flüsterte Melissa und versuchte, sich vom Sofa zu erheben.

Doch es blieb bei dem Versuch, denn ihre zitternden Beine verweigerten ihr im Moment noch den Dienst.

„Wir sollten jetzt duschen und dann schlafen gehen", erklärte Lisa und probierte es ebenfalls, sich aus ihrer Position zu erheben, aber auch ihr gelang das erst nach ein paar Versuchen.

Aufeinander gestützt schwankten sie schließlich zum Bad hinüber und es war ihnen im Moment völlig egal, dass der Nachbar vermutlich gleich wieder erbost klopfen würde.

In der engen Duschkabine seiften sie sich gegenseitig ein und wuschen sich danach wieder sauber.

„Du schläfst ab sofort in meinem Bett bei mir!", erklärte Lisa nach dem Abtrocknen und Melissa hatte nichts gegen diesen Vorschlag einzuwenden.

Zügig räumten sie das Bettzeug vom Sofakasten zum Bett zurück, bereiteten ihre Schlafstatt vor und waren dann gegen halb drei Uhr morgens endlich im Bett, aber an schlafen war nicht zu denken.

Sie lagen nebeneinander und jede dachte wohl gerade an das, was in diesen letzten Stunden passiert war.

Aneinander gekuschelt ruhten sie nebeneinander und es schien ihr so, als ob sie auch damals mit Elisabeth in der kleinen Hütte so gelegen hatte.

Hatte sie die Situation damals nicht verstanden? Wozu hatte sie in der anderen Welt überhaupt Christopher getroffen?

Notwendig wäre es ja nicht gewesen. Es hätte doch nur eines einzigen Fingerzeigs bedurft und sie hätte diese leidige Affäre mit dem Arzt vermieden! Oder war auch das nötig gewesen, damit sie jetzt hier mit Lisa im Arm lag?

Wer konnte das schon wissen?

Nur der große Strippenzieher im Hintergrund! Oder waren es eventuell ihre beiden Seelen, die sich das so als Plan ausgemacht hatten? Sie hatte mal so etwas in einem Buch gelesen.

Und wenn dem wirklich so war, dann war jetzt alles ok.

Drei Haken waren damit auf dem Zettel und alle hatten mit Lisa zu tun. Da war es nur zu wahrscheinlich, dass auch der vierte Punkt auf ihrer To-do-Liste mit Lisa zusammenhing!

Familie war der letzte Eintrag und den sollte sie noch bis Weihnachten erreichen. Das war sehr sportlich, denn es waren nicht mehr viele Tage bis dahin.

Oder hatte sie den letzten Punkt eventuell auch falsch verstanden?

In den nächsten Tagen würde sie ausgiebig darüber nachdenken müssen, um nicht erneut solch einen fatalen Fehler zu machen.

Aber zuvor kam in ein paar Stunden erst mal die Übergabe der Wohnung an den Makler!

An den Bewegungen spürte sie schließlich, dass Lisa neben ihr gerade eingeschlafen war.

Es fühlte sich so unglaublich gut an, den geliebten Menschen im Arm zu halten.

Der Liebe war es egal, ob es Mann oder Frau war, denn wenn sich zwei Seelen trafen, dann war alles andere gleichgültig!

29. Kapitel

Die Leidenschaft eines Augenblickes

Diese Nacht war viel zu kurz, aber dennoch wunderschön gewesen. Es hatte sich für Lisa alles so richtig angefühlt. Ihr Zögern am Abend zuvor war falsch gewesen, denn diese erlebte Lust hatte ihre Freundschaft nicht zerstört, sondern auf eine völlig neue Ebene gehoben.

Aus der Freundin war eine Geliebte geworden und gerade schaute Lisa in das Gesicht der schlafenden Frau neben sich.

Im blassen rötlichen Schein der Leuchtziffern des Weckers sah Melissa so wundervoll aus. Entspannt lächelte sie und träumte vermutlich gerade von dem, was da zwischen ihnen geschehen war.

So ähnlich hatte sie auch in der Woche ausgesehen, in der sie ihr die Bücher vorgelesen hatte.

Es war unmöglich, den Blick von ihr zu lösen. Die sanft geschwungenen Augenbrauen, die kleine Nase, alles an Melissa schien perfekt zu sein, aber das war sicherlich auch der Liebe geschuldet, die Lisa gerade in sich fühlte.

Ihr Herz machte einen Hopser, wenn sie nur in dieses Antlitz sehen konnte, wenn Melissas Hand sie sanft streifte, oder fordernd zur Ekstase trieb, wie am Abend zuvor.

Langsam glitt ihr Blick an Melissas durch die dünne Decke nur wenig verhüllten anmutigen Leib herab und wieder herauf, bis sie erneut die Gesichtszüge der Geliebten fixierte.

Selbstverständlich war Melissa ausgesprochen hübsch, denn sie war ja als Model unterwegs, aber hier lag eine Elfe, ein Engel! Ein Zauberwesen aus Fleisch und Blut und purer Erotik!

Lisa hätte unendlich lange dieses entzückende Angesicht betrachten können, doch die Uhr zählte die Sekunden unerbittlich weiter.

Sie hatte Frühschicht in der Klinik und in ein paar Minuten würde der Wecker sie rücksichtslos aus den Armen der Geliebten reißen.

Und dann war es auch schon so weit. Laut klingelnd riss der verdammte Zeitmesser auch Melissa aus dem Schlaf, die ihre wundervollen Augen öffnete, seufzte und leise sagte: „Guten Morgen, meine Schöne!"

Dieser Mund schrie nach einem Kuss zum Morgen und somit war es wohl auch kein Wunder, dass sie sich diesem Verlangen unverzüglich hingab.

Doch der Quälgeist mit den roten Ziffern zerrte sie abermals aus den Armen der Geliebten!

Die Zeit bis zum Aufbruch war ziemlich knapp bemessen und ein noch längeres Säumen konnte sie sich bedauerlicherweise nicht leisten!

So gern, wie sie auch weiterhin diese Sinnlichkeit, die Liebe und die Glut der Leidenschaft ausgekostet hätte, es musste bis zum Abend warten!

Und das Feuer in Melissas Augen brannte so heiß. Glück und unendliche Liebe lagen darin, und dennoch würde sie jetzt aufstehen müssen.

Gegen ihren eigenen Willen ankämpfend löste sie sich aus Melissas Umklammerung und setzte sich auf die Bettkante.

„Ich muss los, aber du kannst ja noch eine Weile schlafen. Dein Termin zur Wohnungsübergabe ist ja erst um zehn!", erklärte sie seufzend.

„Ich mache dir Kaffee, dann kannst du schnell noch duschen!", entgegnete Melissa und wurde dafür mit einem Kuss belohnt, der ihren eigenen Widerstand schon fast wieder schmelzen ließ.

Diese Lippen waren magisch! Oder magnetisch? Was davon auch immer es war, sie kam momentan kaum davon los!

Aufstöhnend ging sie schließlich ins Bad, stellte sich unter die Dusche und spülte sich den Geruch der Nacht vom Leib. Es war Melissas Duft, der im Schlaf auf sie übergegangen war. Ein göttliches Aroma!

In der Küche lehnte die Geliebte mit dem Kaffee am Sideboard. Sie hatte sich nur ein kurzes T-Shirt übergeworfen, das kaum ihren Hintern bedeckte. Die schiere Versuchung pur stand vor ihr!

Offenbar hatte es sich Melissa jetzt zur Aufgabe gemacht, sie zu quälen!

Doch das Pflichtgefühl siegte, erneut riss sie sich los, trank den Kaffee aus und eilte davon.

Der Klinikalltag nahm seinen Lauf und Lisa musste sich auf ihre Arbeit konzentrieren.

Dennoch schweiften ihre Gedanken immer wieder zur letzten Nacht zurück und es war unvermeidlich, dass sie dabei lächeln musste.

Als sie in ihrer Mittagspause mit einem Buch am Bett eines Kindes in ihrer Station saß und gerade ein Märchen vorlas, öffnete sich die Tür des Krankenzimmers und der Professor schaute in den Raum.

„Frau Doktor Thiess. Dachte ich es mir doch!", begann er.

„Ich lese hier nur vor", erwiderte Lisa und war schon wieder kurz davor, dieselbe Geschichte zu wiederholen, die sie auch schon an Melissas Bett erzählt hatte, aber der Professor winkte erneut nur ab und trat zu ihr.

„Ich habe in den Unterlagen gelesen, dass sie in diesem Jahr erst eine Woche Urlaub gemacht haben! Sie müssen sich mal erholen! Sie sind meine beste Ärztin und ich kann es mir nicht leisten, dass sie in einem Jahr ausgebrannt den Job hinwerfen. Dafür sind sie viel zu gut! Sie nehmen jetzt ihren Urlaub und ich will sie erst im neuen Jahr hier wieder sehen. Und ich verbiete ihnen ausdrücklich, in dieser Zeit auch nur ein einziges medizinisches Buch anzufassen! Haben wir uns verstanden?", legte er fest und es klang sonderbar streng.

Dem konnte sie nur nickend zustimmen, denn einen Widerspruch hätte er sicherlich nicht gelten lassen.

Und so kam es also, dass sie am Nachmittag freudestrahlend in den Umkleideraum eilte. Dort verabschiedete sie sich von Barbara und Carola und die Freundin drückte ihr ein kleines, bunt eingepacktes, Päckchen in die Hand, mit der Aufforderung, es erst am Weihnachtstag zu öffnen.

Nach einer Umarmung jagte sie nach Hause, wo Melissa sicherlich schon auf sie warten würde.

Und selbstverständlich führte der Begrüßungskuss dazu, dass erneut ein Teil ihrer Bekleidung beschädigt wurde.

Sie beide waren wie pures Dynamit und die Explosion ihres Zusammentreffens brachte den Nachbarn erneut dazu, lautstark gegen die Wand zu hämmern, was sie aber nicht im Geringsten störte.

Die Lust musste raus!

Es dauerte mehr als eine Stunde, bevor sich ihre beiden Gemüter so weit abgekühlt hatten, dass sie Melissa berichten konnte, dass sie die nächsten zwei Wochen nur noch zu Hause war.

Damit konnten sie sich ab sofort auch Zeit lassen und das begann mit einem gemeinsamen Bad in der Wanne, die war zwar etwas beengt, für zwei Frauen, aber das tat dem Spaß darin keinen Abbruch.

Im Gegenteil! Schön war es und ziemlich heiß! Nicht so sehr das Wasser, sondern ihre Berührungen. Hier waren zwei Herzen, die rasend schnell schlugen, als ihre Zungen, Finger und Körper sich zärtlich gegenseitig verwöhnten.

Eine Seele in zwei Körpern, die mit ihren verschränkten Gliedmaßen wie einer wirkte, während sie sich seufzend und verlangend aneinander schmiegten.

Wie die Wasserschlacht von Barbara und Tamara nur einen Tag zuvor, so trieben sie es jetzt auch ziemlich heftig miteinander.

Das Wasser in der Wanne schwappte dabei wie Ebbe und Flut und bildete dabei ein Wellenbad aus purer Leidenschaft.

Alles drängte sie zum nächsten Höhepunkt hin und keine von beiden wollte das verhindern.

Oder konnte es!

30. Kapitel

Erinnerungen

*I*n einen Bademantel und eine warme Decke gehüllt saß Melissa auf dem Sofa und dachte an diesen wunderschönen Tag zurück.

Er hatte so herrlich begonnen, mit einem Kuss und Lisas lieben, und in der kurzen Zeit schon so vertraut gewordenem, Gesicht.

Danach war sie in der alten Wohnung gewesen und alles darin war ihr so fremd vorgekommen.

Mit Mäxchens Auszug hatte sie dieses Kapitel hinter sich gelassen.

Der Makler war pünktlich gewesen und hatte auch schon eine Familie mitgebracht, die sich diese Wohnung sofort ansahen. Ein Ehepaar mittleren Alters mit drei kleinen Kindern. Drei Mädchen im Alter von drei, sechs und neun Jahren. Sie hatte sich sofort in der mittleren Tochter wiedererkannt, die sich mit ihrem Teddy in die Mitte der Stube gesetzt und sich staunend umgesehen hatte.

Eine neue Generation hatte das Appartement sofort in Beschlag genommen und würde es wohl auch nicht mehr hergeben.

Das Stofftier des Mädchens hatte ihrem Bären geähnelt und gerade saß dieser Bär vor ihr auf dem Bücherboard.

Nach der Übergabe war der zweite Höhepunkt gewesen, dass Lisa für den Rest des Jahres Urlaub hatte und da sich auch ihre Firma in den Weihnachtsferien befand, stand ihrer gemeinsamen Freizeit nichts mehr im Wege.

Das hatten sie mit dem nächsten Höhepunkt gefeiert: Ekstase und Leidenschaft in einer Wanne. Wellness für die Seele!

Und was kam jetzt? Sollten sie die zwei Wochen nur in dieser Wohnung bleiben? Verlockend war das wohl, aber konnten sie nicht auch irgendwohin in den Urlaub fahren?

Mit der Kaution für die Wohnung, die ihr der Makler nach der Schlüsselübergabe in Bar in die Hand gedrückt hatte, konnte man sicherlich in einem exklusiven Hotel ein paar Tage verbringen.

Gerade fiel ihr Elisabeths Haus aus der Erinnerung ein. Da könnte man sicherlich auch ganz alleine sehr viel Zeit verbringen, wie es die Freundin dort gemacht hatte.

Und zu zweit erst recht!

Oder im alten Haus der Großmutter? Doch das gab es leider nicht mehr!

Seufzend erhob sich Melissa und ging zu ihrem Bären. Neben ihm stand jetzt das alte Fotoalbum aus ihrer Wohnung und sie zog es heraus.

Mit dem Bilderbuch setzte sie sich zurück auf das Sofa und schlug es auf. Es waren Erinnerungen aus einer längst vergangenen Zeit!

Von glücklichen Tagen bei der Oma.

Lisa kam laut pfeifend im Bademantel, mit einem Handtuch um den Kopf zurück in die Stube und ließ sich neben sie auf das Polstermöbel fallen.

Nach einem Kuss blätterten sie zusammen durch die alten Fotos.

„Schau mal hier! Da war ich etwa acht! Das war so ein Urlaub, wie ihn unsere Familie oft gemacht hat: Mein Vater hat uns irgendwo hingefahren, dort abgesetzt und dann habe ich mit meiner Mutter Ferien gemacht, bis er uns am letzten Tag wieder geholt hat. Das hier war mal im Schnee!", erklärte sie.

Lisa schaute sich das Bild an, auf dem sie mit dem Bären im Arm und mit einer Pudelmütze und Schal irgendwo im Erzgebirge im Schnee stand.

„Ähm", stieß Lisa aus und blickte zu dem Stofftier, das auf dem Regal stand.

„Ist dein Bär mit der Zeit ausgebleicht? Der hier sieht dunkelbraun aus und Mäxchen ist hellbraun!", setzte sie hinzu, erhob sich und holte den Bären.

„Stimmt. Das ist mir bisher noch gar nicht aufgefallen!", gab Melissa ihr zurück und wollte schon weiterblättern, doch Lisa legte den Finger auf die Seite und schien zu überlegen.

Schließlich sprang sie auf, rannte zu einem Schrank und kramte darin herum.

Verwundert blickte sie der Freundin zu und fragte sich, was die wohl da gerade suchte.

Lisa räumte Bücher aus und wieder ein und es dauerte sicherlich eine viertel Stunde, bis sie mit einem Fotoalbum zu ihr zurückkam und sich neben sie setzte.

Wortlos suchte sie in dem Buch herum und sagte schließlich: „Schau mal!"

Dabei hielt sie eine Seite ihres Buches an ihr Fotoalbum.

Es waren die gleichen Bilder! Ein Mädchen mit Bär und Pudelmütze im Schnee!

„Was ist das denn?", stieß Melissa verblüfft aus.

Lisa blätterte um und zeigte ein anderes Bild. Zwei Mädchen mit zwei Bären standen an derselben Stelle. Sie hatten dieselbe Kleidung an, nur die Bären waren in einer unterschiedlichen Färbung!

„Da war ich acht und habe bei meiner Großmutter Urlaub gemacht. Wir müssen uns dort getroffen haben und deine Mutter hat aus Versehen das falsche Bild in dein Album geklebt, nämlich meines!", erklärte Lisa.

„Du hast mich doch gefragt, ob wir uns kennen. Erinnerst du dich?", fragte Melissa.

„Ja! Damals hat mich meine Mutter noch Elisabeth gerufen und ich hatte noch meinen wunderschönen Zopf!", erwiderte Lisa.

„Wir haben da Urlaub gemacht und vermutlich oft miteinander gespielt, aber keine von uns beiden konnte sich noch daran erinnern!", bemerkte sie und blickte auf die Bilder in Lisas Album, wo viel mehr von jenem Winterurlaub enthalten waren, als das eine bei ihr.

Jetzt versuchte sie sich bewusst an jene Wochen im Schnee zu erinnern, aber da war nicht viel zurückgeblieben.

Seufzend strich sie über die Bilder. Zwei Mädchen, zwei Bären und Spaß im Schnee. Achtzehn Jahre war das her, fast eine Ewigkeit!

Aber war nicht die Frage gewesen, wo sie Urlaub machen sollten?

„Da würde ich gern noch mal hin. Eventuell kommt dann der alte Spaß wieder zurück!", erzählte sie versonnen.

„Noch mehr Spaß, als wie wir ihn gerade haben?", fragte Lisa zwinkernd zurück.

„Na, hier würde sonst der Nachbar auf die Barrikaden gehen. Oder?", entgegnete sie schmunzelnd.

„Auch wieder wahr! Das Haus meiner Großmutter gibt es noch und es liegt dort in diesem Ort!", berichtete Lisa und tippte auf das erste Bild.

„Es ist jetzt sozusagen das Ferienhaus meines Vaters, aber ich glaube, der war vor fünf Jahren das letzte Mal dort!", setzte sie noch hinzu.

„Also wenn es möglich wäre, dann würde ich gern dort Urlaub machen! Kein Strom, Kachelofen und wir zwei kuscheln uns dort so richtig ein! Bitte, Lisa", erwiderte Melissa und setzte einen flehenden Blick auf, von dem sie erwartete, dass er Lisa erweichen würde.

„Ich kann meinen Vater ja mal fragen. Der fährt im Winter immer nach Spanien zum Golf spielen!", antwortete Lisa ihr.

Dann zeigte sie ein Bild der Hütte und diese sah so ähnlich aus, wie jene aus dem Traum. Hatten sie eventuell damals dort gespielt und sie konnte sich daher noch gut an das Häuschen erinnern?

Möglicherweise!

„Und weit genug vom nächsten Nachbarn entfernt wäre es auch! Da hört dich keiner schreien!", setzte Lisa schmunzelnd hinzu, bevor sie sich ihr Handy vom Tisch zog.

31. Kapitel

Auf dem Weg zum Glück

*E*s hatte mehr als zwei Stunden gedauert, bis sie ihren Vater endlich ans Telefon bekommen hatte. Melissa hatte in der Zwischenzeit Tee gekocht und die Daumen gedrückt, dass es klappen würde. Sie hatten sich beide angezogen und saßen wieder auf dem Sofa nebeneinander.

Mittlerweile war der Abend gekommen und eigentlich war es ja auch in Spanien inzwischen zu dunkel für den Golfplatz, aber der Vater war lange im Clubhaus seines Golfclubs gewesen und hatte dort das Handy ausgeschaltet.

Ständige Erreichbarkeit lehnte er seit seinem Ruhestand ab. Schließlich wollte er sich ja nicht mehr stören lassen und hatte es auch verdient, nach der langen Zeit im Krankenhaus.

Selbstverständlich hatte er sofort zugesagt und ihr wenig später die Telefonnummer seiner Hausverwalterin per SMS zugesendet.

Der nächste Anruf folgte daher ziemlich schnell. Die Frau wohnte im Dorf und sagte ihr das Haus für den nächsten Nachmittag zu.

Damit war alles erledigt und dem Urlaub stand dementsprechend nichts mehr im Wege.

Gemeinsam kuschelten sie sich auf dem Sofa aneinander und überlegten, was sie dort noch brauchen würden.

Zwei Wochen Erholung im Erzgebirge standen an.

„Vielleicht können wir dort auch Skifahren?", fragte Melissa sie, wohl in der Erinnerung an Tage im Schnee.

„Ich glaube, da hat es die letzten fünf Jahre nicht geschneit!", entgegnete sie der Freundin und suchte den Wetterbericht des Ortes auf dem Handy heraus.

Für die folgende Woche waren da zehn Grad und Wolken gemeldet.

Zum Schmusen am warmen Kachelofen schien das perfekt zu sein und eigentlich wollten sie beide auch nichts sonst.

Kuscheln, die Zweisamkeit genießen und die pure, ekstatische Lust ohne Ohrenzeugen herausschreien!

Melissa ließ sich fallen und legte sich auf ihren Schoß, das Gesicht ihr zugewandt. Dieser Anblick forderte sie regelrecht dazu heraus, diese wundervollen Lippen zu küssen und das Antlitz der Geliebten mit sanften Berührungen zu liebkosen.

Abermals wurde der Kuss leidenschaftlicher und auch dieses Mal wollte sie keine Rücksicht auf den Nachbarn nehmen.

Erst eine Stunde später konnten sie wieder die Finger voneinander lassen.

Lara sprang neben ihnen auf den Tisch und Melissa zeigte auf die Katze. „Sollen wir sie mitnehmen?", fragte sie.

„Nein, die bleibt hier. Die Tochter meiner Nachbarin passt auf sie auf", entgegnete sie.

„Jener Nachbarin, die gerade wieder geklopft hat?", entgegnete Melissa und zeigte auf die Wand, hinter der soeben das Klopfen verstummt war.

„Die wird ganz froh sein, dass sie uns ein paar Tage loswird", antwortete sie.

Melissa musste dabei lachen.

„Die wird eine besinnliche Zeit haben und wir beide eine sinnliche", erklärte sie noch, sammelte ihre Kleidung vom Boden auf und ging anschließend nackt ins Bad.

Das war solch ein verlockender Anblick, dass sie sich dem nicht entziehen wollte und unverzüglich denselben Weg nahm.

Rücksicht auf den Nachbarn wollten sie beide nicht mehr nehmen.

Sehr viel später kuschelten sie sich beide glücklich und befriedigt im Bett aneinander und schliefen schon bald entspannt nebeneinander ein.

Der nächste Morgen kam und sie hatte vergessen, den Wecker auszumachen, doch damit blieb noch etwas Zeit, um gemeinsam zu erwachen und dabei die Nähe des jeweiligen anderen geliebten Menschen intensiv zu genießen.

Dieses Mal blieb es aber bei Küssen und Streicheleinheiten, was allerdings auch sehr schön war.

Und danach folgte ein gemeinsames Frühstück im Bett. Sie fütterten sich gegenseitig mit Brötchen, die sie zuvor im Backofen aufgebacken hatten und schleckten sich anschließend die Marmelade vom Leib.

Es war eine ziemliche Sauerei, aber wirklich jede Kalorie dieser süßen Speise wert und es war faszinierend, wo sich Zucker überall befinden konnte.

So herrlich konnte das Leben sein.

Es war fast schon zehn Uhr, als ihr einfiel, dass sie noch der Nachbarin Bescheid geben musste und Melissa beabsichtigte zudem, ein paar Besorgungen für den Urlaub zu machen.

In zwei Stunden wollten sie aufbrechen und jetzt wurde es damit etwas hektisch in ihrer kleinen Wohnung.

Binnen einer viertel Stunde waren sie gewaschen, hatten sich angezogen und Melissa stürmte auch schon davon.

Etwas gelassener ging Lisa zur Tür der Nachbarin. Sie klingelte und es dauerte nur eine Minute, da schob die alte Frau die Tür auf.

„Ja?", fragte die Nachbarin wenig freundlich.

„Wir wollen für zwei Wochen in den Wintersport fahren", begann Lisa und das Gesicht der anderen Frau hellte sich sofort wieder auf.

„Kommen sie doch rein", entgegnete diese sofort.

„Ich wollte nur fragen, ob Naomi auf meine Lara aufpassen könnte?", erkundigte sich Lisa.

Zwei Minuten später war die Vierzehnjährige an der Tür und sie gingen zusammen in ihre Wohnung hinüber.

„Passt du etwas auf sie auf? Das Futter und die Streu stehen da, wo die immer zu finden sind", begann Lisa.

Naomi nickte und sah sich um. Sie suchte offenbar nach Melissa, doch die war noch nicht zurück.

„Könnte ich eventuell einen Freund mit hierher bringen?", fragte das Mädchen fast schüchtern.

„Um mit ihm zusammen auf Lara aufzupassen und Schularbeiten zu machen?", antwortete Lisa, mit einem Augenzwinkern.

Naomis Wangen bekamen etwas Farbe.

„Na klar. Aber keine Partys. Du weißt ja", erklärte sie und zeigte auf die Wand, hinter der Naomis Mutter sicherlich jedes laute Geräusch hören würde.

Naomis Wangen wurden noch ein wenig dunkler.

Es klingelte und Melissa stand vor der Tür.

„Ich kenne sie! Kann ich ein Autogramm bekommen?", fragte Naomi aufgeregt.

Melissa kramte ein Bild aus ihrer Handtasche und unterschrieb es. Danach machte Naomi noch ein Selfie mit Melissa und lief freudestrahlend zurück.

„Das ging aber schnell!", sagte Lisa und versuchte in Melissas Beutel zu sehen, den diese aber sofort fortzog.

„Wenn man weiß, was man holen will, dann geht es eben ganz fix und jetzt lass uns zusammenpacken! Der Urlaub wartet!", erwiderte Melissa.

Das Packen der Koffer war wieder dasselbe durcheinander herum wuseln, wie das Anziehen und Waschen zuvor.

Melissa musste auch noch ihre Sachen aus den Kartons wühlen, was deutlich länger dauerte, als sie aus dem Schrank zu nehmen.

Pünktlich um 12 Uhr hatten sie die Sachen im Auto und rollten in Richtung Autobahn.

Jetzt waren sie auf dem Weg ins Glück und aufgebrochen zu ihrem ersten gemeinsamen Urlaub.

Mit Wurstbroten und Kaffee aus der Thermoskanne stärkten sie sich unterwegs und aus dem Autoradio dudelten alte Schlager, die sie gemeinsam lautstark mitsangen.

Das war so herrlich und wunderschön.

Südwärts flog der Wagen und jagte seinem noch fernen Ziel entgegen. Es war schon Jahre her, dass sie diese Strecke zum letzten Mal gefahren war, aber gerade kam ihr alles so altbekannt und vertraut vor.

Diese alte kindliche Freude war wieder da, die sie jedes Mal gehabt hatte, wenn sie früher zur Großmutter gefahren war. In manchen Jahren hatte sie den ganzen Sommer dort in der kleinen Hütte verbracht.

Jenes uralte Glücksgefühl stellte sich wieder ein und mit Melissa an ihrer Seite konnte es gar nicht schöner sein.

Die Sonne strahlte an einem blauen Himmel und Lisa war einfach nur überglücklich.

32. Kapitel

Wie im Traum!

Lisas kleiner roter Flitzer war vollgepackt und fuhr die Autobahn entlang. Es ging nach Süden, ins Erzgebirge. Dieser Urlaub am Jahresende würde ganz wundervoll werden, das spürte Melissa tief in sich.

Mit Lisa an ihrer Seite würde sie es überall aushalten können, selbst nackt auf einer einsamen Insel!

Momentan sausten tausende Schmetterlinge durch ihren Bauch, wenn sie Lisa nur ansah. Das war so unbeschreiblich schön, dass sie das nie wieder vermissen wollte.

Die Aufregung und die Glücksgefühle kribbelten überall in ihr.

Und gegenwärtig kam noch hinzu, dass sie so gespannt auf das Haus war, zu dem sie gerade fuhren. Sah es wirklich so aus, wie jenes, dass sie im Traum vor ein paar Tagen besucht hatte?

Die Aufnahme in Lisas Fotoalbum war fast zwanzig Jahre alt gewesen und hatte nur eine gewisse Ähnlichkeit mit jenem anderen Häuschen. Doch es wäre sowieso völlig egal.

Was brauchte sie schon? Einen Kachelofen und Lisa! Und beides würde es für die nächsten zwei Wochen geben!

Die letzte Zeit war wie ein Rausch und jede Berührung entflammte das Feuer erneut. Vor ein paar Tagen hatte sie noch gedacht, dass sie bei dem Arzt nur nicht hatte kommen können, weil er ihr keine Zeit dazu gelassen hatte, doch jetzt wusste sie, dass es auch anders ging.

Unter Lisas zärtlichen Fingern ging das mitunter noch schneller, als diese paar Minuten damals, bis sie die Engelein singen hörte.

Eine einzige zärtliche Berührung reichte da bereits völlig aus!

Wenn sich zwei Seelen erst einmal gefunden hatten, dann war man außerhalb jeder Zeitlinie. In einem eigenen Universum gefangen stand man über solch profanen Dingen wie Raum und Zeit und es war sagenhaft!

Hätte sie jemand gefragt, wie es war, so hätte sie darauf keine Antwort geben können. Manche Dinge entzogen sich aus gutem Grund dem Verstand. Nur die Sinnesempfindung war da wichtig, aber wie beschrieb man jemanden ein Gefühl, der nicht dasselbe bereits einmal erlebt hatte?

Lisa hätte sie es beschreiben können, aber da brauchte es keine Worte dazu, ein einziger Blick genügte da völlig und drückte tausendmal mehr aus, als andere Pärchen sich wohl in ihrem gesamten Leben sagen würden.

Sie zwei waren eins! Untrennbar bis in alle Ewigkeit!

Lisa bremste ab, setzte den Blinker und fuhr von der Autobahn herunter.

Eine Landstraße begann, an deren Ende in etwa dreißig Kilometern das Haus sein sollte. Zumindest sagte dies das Navi.

Angestrengt blickte Melissa nach vorn, ob ihr noch etwas von der Gegend bekannt vorkam, doch es war ewig her und damals hatte sie hinten im Auto gesessen.

Die sanften grünen Hügel des Erzgebirges lagen direkt vor ihr, obwohl jetzt im Dezember nur noch die Tannenbäume grün waren. Doch auch die Wiesen hatte noch diese satte Farbe.

In der Stadt war alles grau und schmutzig gewesen, hier schien sie sich dem Paradies zu nähern.

Und vom Garten Eden hatte sie eine ganz besondere Vorstellung: Irgendwo in einer Anpflanzung, sie beide nackt und mit einem Apfelbaum, das konnte sie sich so schön vorstellen.

Allerdings würden sie den Baum definitiv in Ruhe lassen und sich nur gegenseitig vor Verlangen auffressen.

Doch für FKK unter freiem Himmel war es jetzt eindeutig zu kalt.

Zu zweit im Evakostüm vor einem Kamin, auf einer kuscheligen Decke, wäre das wohl etwas anderes. Oder auf der Ofenbank vor einem gemütlichen Kachelofen.

Alleine bei dem Gedanken daran sausten schon wieder diese unbeschreiblich schönen Glückshormone durch ihren Leib und ließen sie unruhig auf ihrem Autositz hin und her rutschen.

Am liebsten hätte sie sich jetzt auf Lisa gestürzt, um ihr momentan aufsteigendes Verlangen zu stillen!

Wie weit konnten dreißig Kilometer bloß sein?

Unendlich lang, wenn man es vor lauter Lüsternheit nicht aushielt!

Im Sommer hätte sie Lisa gebeten, irgendwo rechts ran zu fahren und sie hätten ihre Wollust einfach auf eine Wiese gestillt, aber das Auto war dafür viel zu klein und draußen waren es nicht mal elf Grad!

Im Augenblick wollte sie nur noch in die Hütte und aus den Sachen raus!

Haut an Haut mit Lisa würde sie die Hütte heizen und die unbändige Lust würde die Erde zum Beben bringen!

Soeben fuhr das Auto durch den Wald.

Aus der unmittelbaren Nähe wirkte er nicht mehr so idyllisch, sondern eher kahl und abweisend. Winterlich, aber noch ohne Schnee.

Und nach Lisas Prognose war der wohl auch nicht zu erwarten. Schade eigentlich, aber sie hatte ja schon zuvor beschlossen, nur in der Hütte zu bleiben!

Möglichst oft ohne Kleidung!

Eine kleine verschlungene Waldstraße führte bergauf und auf der anderen Seite wieder hinab in ein Tal, das ihr nur zu vertraut vorkam.

War das die Erinnerung aus der Jugend? Oder jene aus dem Traum ein paar Tage zuvor?

Beides vielleicht.

Lisa fuhr suchend in den Ort. Dabei blickte sie immer wieder auf das Navi und vor sich auf die Straße.

Schließlich bremste sie und hielt vor einem schmucken Haus in dem Dörfchen.

„Hier müsste es sein", erklärte sie und schaute noch mal zur Sicherheit auf ihr Telefon. Die Hausnummer war allerdings korrekt.

„Warte hier! Ich hole nur den Schlüssel!", sagte sie und verabschiedete sich mit einem Kuss für einen Moment.

Es dauerte keiner zwei Minuten, dann kam Lisa mit dem Schlüssel und einer älteren Frau wieder zurück.

„Wir müssen hier parken und alles zur Hütte tragen. Da gibt es keine Straße hinauf, nur einen Feldweg!", erzählte sie.

Melissa schaute auf den Koffer und blickte dann die Straße aufwärts. Das würde eine ganz schöne Plackerei werden.

Die ältere Frau bemerkte wohl ihren Blick, ging zurück und kam wenige Augenblicke später mit einem Handwagen zurück.

Schnell war alles verladen und sie zogen das gummibereifte Gefährt zu zwei, während die alte Frau neben ihnen herlief. Sie redete unermüdlich mit Lisa und erzählte, dass sie genügend Vorräte und Holz für zwei oder drei Tage in die Hütte gebracht hatte.

Schnaufend näherten sie sich dem Häuschen und mit jedem Schritt, den sie ihrem zukünftigen Domizil näher kamen, wurde die Gegend ihr nur noch vertrauter.

Der Schnee fehlte, aber sonst war alles so, wie sie es Tage zuvor gesehen hatte.

Im Zurückblicken sah das Dorf genauso aus und auch die Umgebung war exakt die gleiche.

Alles war wie im Traum und auch das kleine Haus war ein echter Traum, als sie endlich davor angekommen waren.

„Ich war das letzte Mal im Sommer vor meinem Studium hier. In der Zwischenzeit muss mein Vater wohl einiges daran gemacht haben!", äußerte Lisa und drückte ihren Rücken durch.

„Lass uns hineingehen", forderte Melissa die Freundin auf.

Die alte Frau schloss die Tür auf und sie trugen die Koffer über die Schwelle.

Anhimmelnd stand Melissa kurz darauf in der Stube vor dem bereits warmen Ofen und alles war so, wie sie es in der Erinnerung hatte.

„Da hinten links gibt es eine Sauna für heute Abend!", erklärte sie und zeigte auf eine Tür.

„Da war immer die Vorratskammer meiner Oma mit herrlichen eingekochten Früchten!", entgegnete Lisa ungläubig, ging dann allerdings doch den Weg und kam ein paar Minuten später zurück.

„Du kennst dich hier offenbar besser aus, als ich", bemerkte Lisa.

Die alte Frau verabschiedete sich, die Tür der Hütte schloss sich und jetzt war die Zeit für einen Kuss gekommen.

„Wir sollten heute unbedingt die Sauna benutzen", seufzte Melissa danach und dieser Vorschlag wurde von Lisa nur zu gern angenommen.

33. Kapitel

Das Glück in ihren Armen

Mit dem Auspacken der Koffer verflog der Nachmittag und selbstverständlich fielen sie auch dabei immer wieder übereinander her.

Das war wohl unausweichlich gewesen!

Daher ersparten sie sich danach auch das Anziehen und jetzt saßen sie in der kleinen Sauna.

Lisa lief der Schweiß in Strömen den Rücken herab und momentan hatte sie in der Hitze die Ruhe, um über einiges an diesem Tage nachzudenken.

Es war schon seltsam, dass Melissa dieses Häuschen eigentlich nicht kannte und dennoch mit schlafwandlerischer Sicherheit alles fand. Sie selbst war vor Jahren das letzte Mal hier gewesen und damals hatte es das meisten davon noch gar nicht gegeben.

Diese kleine Sauna zum Beispiel hatte der Vater erst im letzten Jahr einbauen lassen, wie ihr die Verwalterin gesagt hatte.

Wie also hatte Melissa davon wissen können?

Offensichtlich gab es dann wohl doch so ein paar Dinge auf dieser Welt, die sich mit dem logisch denkenden Menschenverstand nicht so einfach erklären ließen.

Allerdings waren auch ein paar Dinge anders, als Melissa sie offenbar erwartet hatte, denn es gab hier Strom und warmes Wasser, denn eine Solaranlage auf dem Dach versorgte die Hütte mit beidem.

Nebenan befand sich eine komfortable Dusche und auch das von Melissa beschriebene Chemieklo war vorhanden.

Doch jetzt war erst einmal die Zeit, um langsam zur Ruhe zu kommen und so saß sie momentan Seite an Seite mit der Geliebten, denn zu dem war Melissa bereits in den paar Tagen geworden.

Lisa lehnte sich an die Bretterwand in der Kabine des Schwitzbades und es wärmte sie so richtig gut durch.

Dieser Raum war nicht so groß. Alleine hätte sie hier drin auf der Bank liegen können. Offenbar hatte der Vater diese Kammer auch genau so groß machen lassen, dass dies gehen würde. Und keinen Zentimeter länger.

Zu zweit saßen sie nackt auf Tuchfühlung nebeneinander, wenn da noch ein Tuch zwischen ihnen gewesen wäre, aber so berührten sich ihre Körper.

Die Nähe der Freundin tat so unendlich gut und sie wollte keine Minute davon verpassen.

Vor dem kleinen Fenster senkte sich die Dunkelheit herab und ein kleines Licht an der Decke der Kabine tauchte alles in eine romantische Stimmung.

„Jetzt duschen und dann mit einem Tee an den Kachelofen?", fragte Melissa.

Sie nickte ihr zu und gemeinsam verließen sie die Kabine, um nebenan zu duschen.

Um Wasser zu sparen, machten sie das zusammen. Der Vater hatte die Dusche, im Gegensatz zur Sauna, etwas größer gestaltet, womit sie genug Platz darin gehabt hätten, was sie allerdings nicht davon abhielt ganz nahe beieinander zu sein, um sich gegenseitig zu streicheln, einzuseifen und auch wieder abzuspülen.

Diese sanften Berührungen auf der Haut wärmten sie noch mehr durch, als es die Sauna zuvor vermocht hatte.

Das hätte sie gern ewig gehabt, aber der Vorrat an warmen Wasser ging leider viel zu schnell zur Neige und schließlich rubbelten sie sich mit zwei Handtüchern wieder warm und trocken.

Danach saßen sie zusammen auf der Ofenbank, mit dem Rücken an diesen wunderbaren Wärmespender gelehnt und sahen sich an.

Der Tee in den Tassen heizte sie durch, aber das Feuer in ihren beiden Seelen war noch viel heißer.

Sie blickten sich an und Lisa versank in Melissas Augen.

Hier hatte sie das Glück gefunden und würde es nicht mehr loslassen.

All die medizinischen Bücher und Publikationen, mit denen sie bisher ihre Zeit gefüllt hatte, hatten gerade keinen Platz mehr in ihrem Leben.

Irgendwann würde das wieder so sein, aber es mochte wohl dann nicht mehr so sein, wie vor jenem schicksalhaften Zusammentreffen in der Notaufnahme.

Das war noch gar nicht mal so lange her und dennoch konnte und wollte sie sich gar nicht mehr vorstellen, wie es zuvor gewesen war.

Nichts außerhalb dieser vier Wände hatte momentan noch eine Bedeutung. Sie waren in einer eigenen Welt und hier gab es nur sie zwei.

Eine Insel der Liebe, ein Paradies für zwei liebende Menschen.

Melissa nahm die Tasse herunter, beugte sich zu ihr herüber und ihr roter Mund mit diesen verführerischen Lippen zog Lisa sofort in seinen Bann.

Ihr durch all das Studium geschulter Geist hatte Sendepause, die Hormone übernahmen die Steuerung. Die Leidenschaft ließ ihren Blick verschwimmen.

Nur Melissa war noch wichtig. Nichts sonst!

Als sie wieder klarer denken konnte, lagen sie nackt auf einer großen Decke auf dem Fußboden vor dem Kachelofen.

Melissa hatte sich über sie gestützt und flüsterte: „Ich liebe es, wenn deine Lippen zärtlich meinen Mund berühren, wie deine Zunge und deine Finger vorsichtig in mich eintauchen, mich erkunden und verwöhnen, mich quälen, bis du mich ganz nah an dich heranziehst."

Ihr Blick war noch immer glasig von dem Ansturm des Verlangens. Es war der Wahnsinn, aber auch Lisa konnte nicht mehr anders.

Schnaufend hob sie Melissa ihren Kopf entgegen, um den Geschmack dieser Lippen erneut zu kosten.

Das konnte einen süchtig machen.

„Mehr!", schrie die Leidenschaft in ihr und die letzten Wellen des gerade erst erlebten Höhepunktes brandeten noch durch ihren Leib.

Nichts und niemand stand mehr zwischen ihnen.

Melissas streichelnde Finger zogen die Konturen ihres Körpers nach und die Gänsehaut folgte jeder Berührung.

Stöhnend wandte sie sich unter ihr hin und her, obwohl sie dafür eigentlich keinen Platz hatte, denn Melissa hatte die Oberhand und hielt sie am Boden.

Nach den Fingern folgte Melissas Mund und erkundete ihren Leib weiter.

Jetzt hätte sich Lisa befreien können, doch sie hatte jede Gegenwehr eingestellt. Hilflos in ihrer Lust gefangen, fühlte sie bereits erneut diese Wellen der Gier über sich herlaufen.

Immer weiter nach unten glitt Melissas Kopf und als die Geliebte zwischen ihren Schenkeln

218

abtauchte, schrie Lisa ihre Erregung heraus. Sie bäumte sich gegen Melissas Hände an, die sie an den Brüsten zurück auf den Boden drückten.

Wimmernd und stöhnend lag sie auf der Decke und nahm nichts sonst mehr wahr. Keine Hütte, keine Gegend, keinen Raum, nur Melissa und deren zärtliche Berührungen, die sie auch weiterhin stimulierten und nicht zur Ruhe kommen ließen.

Momentan quälte die Freundin sie und es war ein süßer Schmerz, den Lisa erduldete.

Nichts hatte mehr eine Bedeutung.

Nur dieser Augenblick zählte!

Endlich ließ Melissa von ihr ab, kam nach oben und küsste sie erneut. Sie schmeckte sich selbst und ihre Lust auf den Lippen der Angebeteten.

Mit ihrem Leib bedeckte die Geliebte Lisas zuckenden Körper.

Hier war sie in den Armen einer Göttin und sie wollte nie wieder etwas anders erleben, als nur das hier!

34. Kapitel

Schneegestöber

Verschlafen und müde schlurfte Melissa barfuß aus der Schlafstube in den Wohnraum hinüber. Unterwegs hatte sie sich ein kurzes Nachthemd über den nackten Leib geworfen und das war wohl auch ganz gut so, denn sie wurde von einer ziemlichen Kälte in dem angrenzenden Raum empfangen.

Offenbar hatten sie am Abend zuvor im Rausch der Liebe vergessen, etwas Kohle in den Ofen zu legen und damit war dieser in der Nacht heruntergebrannt.

Das erste Licht des neuen Tages erhellte schon den Raum und es musste wohl so zwischen acht und neun Uhr in der Frühe sein.

Fröstelnd kniete sie sich vor den Kachelofen und machten halb im Schlaf die Handgriffe, um das Rost von der Asche zu befreien und das Ungetüm wieder mit Wärme zu versehen.

Sie brauchte ein paar Versuche und drei abgebrochene Streichhölzer, bevor zuerst der Kohlenanzünder von den Flammen ergriffen wurde und danach das sauber darüber gestapelte Holzgitter in Brand geriet.

Ein Dutzend Eierbriketts sorgen danach dafür, dass die Glut eine Weile halten würde.

Gähnend setzte sie ihren Weg in die Küche fort, wo sie diese morgendliche Prozedur am Küchenherd wiederholte, was ihr aber deutlich schneller gelang.

Die nächste Aufgabe war es, Wasser aus dem Hahn in die eiserne Kanne zu füllen, aber es war eiskalt!

Möglicherweise hatten sie beim Duschen am Abend zuvor das gesamte heiße Wasser aus dem Reservoir verbraucht und die Anlage benötigte erst eine Weile, um wieder anzulaufen.

Müde hob Melissa ihren Blick, schaute zum Fenster hinaus und erstarrte. Sie brauchte einen Moment, um zu begreifen, dass der gesamte Hang vor ihr bis zum Dorf hinab mit Schnee bedeckt war.

War das nur eine Täuschung ihrer verschlafenen Sinne?

Sie stellte die Kanne auf die heiße Herdplatte und ging in die Stube hinüber, aber auch dort bot sich ihr derselbe frostige Anblick.

Hatte Lisa nicht gesagt, dass es hier die letzten Jahre nicht geschneit hatte und dass bis Weihnachten mit zehn Grad plus zu rechnen sein würde?

War das hier ein Traum? Oder war die Zeit mit Lisa einer gewesen und sie war noch bei Elisabeth?

Mit Erschrecken stand sie dort und versuchte das Chaos in ihrem Kopf zu sortieren.

Was war richtig und was falsch?

Hatte es die Zeit mit Lisa wirklich gegeben?

Gab es die Freundin überhaupt? Und was war mit Elisabeth?

Es knarrte hinter ihr, Melissa blickte sich über die Schulter um und die Freundin stand gähnend in der Tür. Sie trug ein altes verwaschenes Bandshirt, wie es Elisabeth immer morgens getragen hatte.

Verzweifelt versuchte sie zu ergründen, ob die Freundin jetzt einen Zopf oder einen Pferdeschwanz hatte, aber aus ihrer Position war das nicht zu erkennen.

„Guten Morgen", sagte die Freundin und setzte nach einem weiteren Gähnen hinzu: „Du guckst mich an, als würdest du mich gerade zum ersten Mal sehen!"

Irgendwie kam ihr das momentan auch so vor.

Wortlos stand sie da am Fenster und konnte der Freundin noch nicht mal den Morgengruß erwidern.

„Oh, schön. Du hast den Ofen schon angemacht", stellte die Freundin fest und trat zu dem Kachelofen, um ihn zu umarmen.

Jetzt sah Melissa, dass sie einen Pferdeschwanz trug. Es war Lisa und alles war gut!

Lisa strich sich mit den Händen durch die Haare, gähnte abermals und kam zu ihr herüber.

„Was ist?", fragte sie auf dem Weg.

„Guten Morgen, schau mal", entgegnete Melissa und zeigte nach draußen.

„Auf den Wetterbericht ist aber auch kein Verlass mehr", antwortete Lisa, legte ihren Arm um Melissas Schultern und gab ihr einen Kuss.

„Du hast wohl gerade gedacht, ich wäre sie. Oder?", fragte die Freundin jetzt nach.

„Ja! Für einen Moment schon. Ihr seid euch ja auch so ähnlich. Elisabeth war Heilpraktikerin und Massagetherapeutin und du bist Ärztin."

„Und in meinem Studium habe ich in einer Massagepraxis gearbeitet, um etwas Geld zu verdienen und um Erfahrung mit Patienten zu bekommen. Also wenn du möchtest, dann kann ich dich später auch mal massieren!"

„Das wäre schön!", antwortete Melissa.

„Dann könnte ich zur Abwechslung mal oben sein!", erwiderte Lisa mit einem verschmitzten Lächeln.

„Höre ich da eine Klage?", entgegnete Melissa.

„Ach nein, du bist wirklich toll. Woher kannst du das? Hattest du schon mal vor mir was mit einer Frau?"

„Nein. Ich lasse mich einfach von meinem Gefühl leiten!", erklärte Melissa.

„Ich gehe dann erst mal duschen", äußerte Lisa.

„Das wird leider nichts. Das Wasser ist eiskalt. Offenbar stimmt was mit der Anlage nicht!"

„Da liegt sicher Schnee drauf. Den werde ich dann wohl mal beseitigen müssen!", antwortete Lisa und gähnte erneut.

„Ach wozu? Lass es doch einfach so, wie es ist! Das Wasser zum Waschen ist sicher gleich heiß und danach mache ich noch mal Wasser für den Kaffee!", erläuterte Melissa ihren Plan für den Morgen.

„Jetzt kommt die Hausfrau bei dir durch. O-der?", begann Lisa zu witzeln.

„Wer weiß", entgegnete Melissa und erhielt einen Kuss.

Der Wasserkessel in der Küche meldete sich mit einem Pfiff und sie eilte hinüber, um für Lisa das Waschwasser vorzubereiten.

Während sich Lisa in der Stube wusch, bereitete Melissa in der Küche noch mal Wasser für den Kaffee vor und machte den Rest des Frühstückes fertig.

Nachdem dann auch sie sich gewaschen und angezogen hatte, saßen sie später am Tisch in der Stube und sahen in den Winterwald hinaus.

Es wurde ein wunderschöner Tag und die Sonne lud einfach dazu ein, anschließend nach draußen zu rennen, um eine Schneeballschlacht zu machen und eine Schneefrau vor dem Stubenfenster zu bauen.

Sie tollten wie kleine Kinder umher, spielten fangen und jagten sich lachend und johlend um die ganze Hütte, bis sie völlig verfroren zurück in die warme Stube rannten.

„Und jetzt die Massage?", erkundigte sich Melissa schließlich, nachdem sie wieder am Ofen warm geworden war.

„Etwas Öl findet sich bestimmt im Küchenschrank", entgegnete Lisa und ging dorthin, um das zu prüfen.

Während die Freundin mit dem Öl zurückkam und Melissa sich auszog, setzte draußen ein leichter Schneefall ein.

In der Zeit, in der Lisa sie massierte, wurde aus dem Schneefall ein richtiger Schneesturm, aber das war noch gar nichts gegen den Blizzard, der danach in der Hütte zu toben begann, als Lisa sie wieder freigegeben hatte.

Es konnte so schön werden in diesem Winter.

Der Schnee hüllte die Hütte ein und schloss sie vom Rest der Welt ab, aber was brauchten sie noch weiter, als sich selbst und die warme Decke vor dem gemütlichen Kachelofen!

35. Kapitel

Die richtigen Prioritäten

*L*isa räkelte sich im Bett und wollte nicht unter der kuschligen Bettdecke hervorkriechen, weil ihr die Kühle in die Nase zwackte, aber heute war sie an der Reihe, den Kachelofen vorzuwärmen.

Melissa schnarchte noch neben ihr.

Seit fünf Tagen lebten sie jetzt bereits in der eingeschneiten Hütte am Berg. Von der Umwelt isoliert und nur für sich.

Die Morgensonne schien durch die Vorhänge in den Raum und beleuchtete das Gesicht der Geliebten im Bett neben ihr. Sie hätte ewig so liegen können, aber sie musste hinaus.

Seufzend riss sie sich daher von diesem Anblick los, warf sich das alte T-Shirt mit dem Logo ihrer Lieblingsband aus Teenagerzeiten über und schlich auf Zehenspitzen aus dem Raum, um die Freundin nicht zu wecken.

Das Feuer im Kachelofen und im Herd war flugs entfacht, denn die Routine der letzten Tage sorgte dafür, dass die Flammen schnell empor züngelten.

Mit einem Blick in den Vorratsschrank stellte Lisa allerdings fest, dass sie an diesem Tage die selbstgewählte Isolation notgedrungen verlassen mussten. Die Vorräte hatten mehr als drei Tage gehalten, weil sie zwischendurch von der Liebe gelebt hatten.

Melissa trat in die Küche, küsste sie und sagte: „Womit habe ich nur solch ein Glück verdient, dich kennen und lieben zu dürfen?"

Lisa sah in diese wundervollen Augen.

„Im Studium habe ich mal gelernt, dass Glück im strengsten Sinne eher der plötzlichen Befriedigung hoch aufgestauter Bedürfnisse entspringt und nur als episodisches Phänomen möglich ist. Zumindest hat das Sigmund Freud so gesagt!", erklärte sie, was ihr der Verstand gerade eingeflüstert hatte.

Melissa trat einen Schritt zurück, schaute sie lächelnd an und entgegnete: „Ich halte es da eher mit Erasmus von Rotterdam, denn der hat gesagt »Die höchste Form des Glücks ist ein Leben mit einem gewissen Grad an Verrücktheit« Und ich bin verrückt nach dir!"

„Da stimme ich dir zu. Und weil wir gerade bei den großen Philosophen sind, sage ich es dir mit Hermann Hesse »Glück ist Liebe, nichts anderes. Wer lieben kann, ist glücklich«", erwiderte Lisa, was jetzt ihr Herz empfand, und wurde dafür mit einem Kuss belohnt.

„Allerdings haben wir nicht das Glück, dass unsere Vorräte ewig reichen!", setzte sie seufzend hinzu und zeigte auf den beinahe leeren Schrank neben sich.

„Du meinst, wir müssten heute mal wieder Sachen tragen und unser Liebesnest verlassen?"

„Zumindest eine von uns", erwiderte Lisa und klappte den Schrank zu.

„Wir gehen dann beide. Im Schuppen stehen noch ein paar Ski und da ist auch noch ein alter Schlitten. Da packen wir dann die Vorräte drauf!"

„Woher weißt du, was da im Schuppen ist?", erkundigte sich Lisa zweifelnd.

Melissa zwinkerte ihr nur zu.

„Du meinst, Elisabeth hatte da Ski und einen Schlitten. Oder?"

„Genau!", antwortete Melissa.

„Na dann sollten wir da später mal nachschauen! Und wenn wir schon mal im Dorf sind, dann sollten wir uns einen Weihnachtsbaum und etwas Schmuck dafür besorgen!"

„Wozu dass den? Elisabeth hat diesen Baum da draußen immer mit Möhren, Äpfeln, Meisenringen und Nüssen für die Tiere des nahen Waldes geschmückt!", entgegnete Melissa und zeigte auf eine Tanne, die etwa dreißig Meter entfernt im Schnee stand.

„Das ist eine Super Idee! Dann sollten wir das auch so machen", pflichtete sie ihr bei.

Das war ein glänzender Einfall. Man musste nur die richtigen Prioritäten setzen und sie wollte das von jetzt an jeden Augenblick tun.

Die Arbeit würde ein kleines wenig an Wichtigkeit verlieren und die Liebe zu Melissa sicherlich noch gewinnen.

Melissa ging zurück in die Stube, trat an das Bücherregal, suchte eine Weile und zog dann eines der Bücher heraus. Sie schlug es auf und las vor: „Du kannst für die Welt nur eine Person sein, aber für eine Person die ganze Welt bedeuten."

Sie klappte es zu, hob es an und setzte hinzu: „Gabriel García Márquez hat das geschrieben und du bist diese eine Person, die meine ganze Welt ist! Ich liebe dich so unsäglich!"

Dann stellte sie das Buch zurück, rannte in das Schlafzimmer und Lisa blickte ihr überrascht hinterher.

Hatte die Freundin etwas darin vergessen?

Sie trat aus der Küche in die Stube, als Melissa auch schon wieder durch die Tür geeilt kam und fast vor ihr zurückprallte.

Sie fiel vor ihr auf die Knie, klappte eine kleine Schachtel auf und fragte: „Willst du meine Frau werden?" Dabei hob sie den Ring im Etui an.

Ein wundervoller Halbkaräter glitzerte darin im Sonnenlicht.

„Damit wollte ich eigentlich bis Weihnachten warten", setzte Melissa hinzu und erkundigte sich: „Was ist deine Antwort?"

„Ja! Ich möchte deine Frau werden!", stieß Lisa überglücklich aus, beugte sich herab und küsste die Geliebte.

Das hier hatte die oberste Priorität!

36. Kapitel

Nur ein Blatt Papier?

Der Morgen des 24. Dezembers war angebrochen, oder eben auch noch nicht. Melissa stand im Nachthemd am Fenster der Stube und blickte in der Dunkelheit in das Tal hinab.

Jemand hatte dort eine große Tanne mit Beleuchtung stehen und obwohl das mehr als drei Kilometer entfernt war, sah das einfach nur wunderschön aus. Die Lichter spiegelten sich im Schnee des Hanges und sie dachte an die letzten Wochen zurück.

Noch im November hatte sie sich gewünscht, dass diese Zeit bis zum Jahreswechsel so schnell wie nur irgend möglich vorbei sein würde.

Jetzt würde sie einen Wunsch bei einer guten Fee dafür opfern, wenn diese es ihr ermöglichen würde, den Zeitraum bis Silvester so lange wie nur irgend möglich zu dehnen.

Vielleicht sogar die Uhr anhalten? Schön wäre es, mit Lisa hier bis in alle Ewigkeit zu sein!

Seufzend richtete sie ihren Blick zur Schlafzimmertür. Dort dahinter war ihr ganzes Glück verborgen. Lisa tat ihr einfach nur gut.

In ihrem Blick stand auch das kleine Weihnachtsbäumchen. Es war keine fünfzig Zentimeter hoch und aus Plaste, aber Lisa hatte sich nicht davon abbringen lassen, es zu kaufen und zu schmücken. Der gesamte Strom der mittlerweile wieder vom Schnee befreiten Solaranlage wurde für die Beleuchtung dieser winzigen Plastiktanne verbraucht und natürlich für das warme Wasser der Dusche.

Der kleine Christbaum leuchtete vor sich hin, das andere Bäumchen für die Tiere des Waldes wollten sie nach dem Frühstück schmücken.

Melissas Blick wanderte dorthin und da standen jetzt auch zwei Schneefrauen. Gerade waren sie nur schemenhaft zu erkennen, doch diese zwei Figuren erinnerten Melissa immer wieder an den Heiratsantrag. Damit hatte sie jetzt zwar kein Weihnachtsgeschenk mehr für Lisa, aber das wäre sicherlich egal.

Sie beide waren sich gegenseitig das schönste Geschenk. Ihre Liebe und das Vertrauen zueinander, die Leidenschaft dieses Beisammenseins und alles, was da sonst noch war.

Am Tage zuvor, als sie die Ski aus dem Schuppen geholt hatten, hatte Lisa sie gefragt, ob sie das Haus des Oberförsters suchen wolle, doch wozu sollte das gut sein?

Das große Glück war hier unter diesem Dach. Wozu ein anderes aufspüren? Sie hatte jetzt alles, was sie brauchte!

Die eigene To-do-Liste fiel ihr wieder ein. Es war nur ein Blatt Papier, aus einem Block im

Krankenhaus gerissen und nur vier Punkte lang. Drei davon waren bereits durchgestrichen und mit dem Heiratsantrag war auch der vierte erfüllt.

Sie hatte Freundschaft, ein Heim, Liebe und Familie gefunden, obwohl es ein paar Wochen zuvor noch nicht eines davon wirklich in ihrem Leben gegeben hatte.

Aber war es eigentlich nur ein Zettel? Oder eventuell eine Wunschliste für den Weihnachtsmann?

Beinahe kam es ihr so vor. Vier Wünsche auf einem Plan, deren Antwort und Erfüllung allerdings nur ein Punkt umfasste: Lisa!

Die Freundin hatte ihr das Glück gebracht.

Der Alltag würde zeigen müssen, ob es zwischen ihnen funktionierte, aber wenn genug Liebe da war, dann musste es gelingen.

Bei dem Gedanken an Lisa stellte sich so ein warmes Gefühl der Geborgenheit bei ihr ein und als hätte sie die Geliebte in ihren Gedanken gerufen, tat diese gähnend durch die Tür.

„Guten Morgen. Du bist ja schon wach! Heute war ich doch mit Anheizen dran", sagte die Geliebte und es klang fast wie ein Vorwurf.

„Du heizt mich auch ohne Feuer ordentlich an", entgegnete Melissa.

Mit offenen Armen kam Lisa auf sie zu und küsste sie stürmisch. Das fühlte sich fantastisch an und genau in diesem Moment ging die Sonne auf.

Strahlender Glanz flutete die Hütte, aber diesen hätte es gar nicht bedurft, denn mit Lisa war auch die dunkelste Behausung in Gold getaucht!

„Wenn jetzt der Heilige Abend beginnt, dann kann ich ja damit auch Carolas Geschenk auspacken!", äußerte Lisa und blickte sich zu dem verschnürten Päckchen um.

Lisa löste sich aus ihren Armen, trat zum Bäumchen und packte die Bescherung aus. Darin befanden sich ein paar rote Dessous, die denen glichen, die sie damals bei dem Werbespot getragen und in welchem sie vor Lisa, nach deren Aussage, in der Notaufnahme gelegen hatte.

„Die ziehe ich heute Abend an!", erklärte Lisa lächelnd.

„Und ich werde sie dir danach langsam wieder vom verführerischen Leib streifen! Wenn du magst, mit den Zähnen!", entgegnete Melissa.

„Das klingt verlockend. Damit haben wir beide ein Geschenk!", flüsterte Lisa und brachte die Dessous ins Schlafzimmer.

Nach dem Waschen, dem Anziehen und Frühstücken standen sie später mit einem Korb voller Leckereien für die Waldbewohner im Schnee vor der Hütte.

Am Tage zuvor hatten sie alle Gaben für die Tiere mit Stricken versehen und jetzt hängten sie gemeinsam Möhren, Äpfel, Nüsse und Meisenringe in die Zweige des vom Schnee befreiten Tannenbaumes.

Plötzlich knackte es hinter Melissa und sie fuhr herum.

Keine zwanzig Schritte von ihr entfernt trat soeben ein Rehbock aus dem Unterholz und blickte sie an.

Langsam ging sie rückwärts, bis sie gegen Lisa prallte.

Das Reh stand einfach nur unbeweglich da und fixierte sie.

„Du brauchst vor ihm keine Angst zu haben. Der hat es nur auf die Möhren abgesehen!", flüsterte Lisa ihr von hinten ins Ohr.

„Meine Furcht gilt nicht ihm, sondern dem, was passieren könnte! Ein Rentier hat mich damals zu Elisabeth geschleudert, der Zusammenprall mit dem Elch führte mich in deine Arme und brachte mir diese Glückswendung, aber ich will das nicht verlieren, nur weil ein Reh mich tritt!", erklärte sie und drehte sich zu der Geliebten um.

„Du bist das Licht meines Lebens und ich will für immer bei dir sein!", erklärte Melissa schließlich und bekam dafür einen Kuss.

„Geh du ins Haus, ich mache schnell noch fertig!", erwiderte Lisa.

„Ich bleibe so lange bei dir! Zu zweit geht alles besser!", antwortete Melissa, schaute über die Schulter zurück zu dem Rehbock und dieser nickte ihr zu.

Melissa hatte ihr Glück gefunden und es war mehr als ein Weihnachtswunder! Wochen zuvor hatte sie nichts davon, erst der Stoß mit dem Geweih hatte sie zu ihrem Glück geführt.

Und dieses Reh schien ein Abgesandter des Weihnachtsmannes zu sein, denn kein wirklich wildes Tier des Waldes stand einfach so mitten am Tage ohne Scheu auf einer Schneefläche und tat einfach nichts.

Noch einmal nickte der kleine Hirsch.

Vermutlich sollte sie sich für seine Hilfe bedanken! Zumindest hatte sie auf einmal dieses Gefühlt tief in sich.

Melissa überwand ihre Angst, nahm eine der Möhren und trat vorsichtig auf den Rehbock zu.

Dieses Mal nahm das Reh die Möhre und ging. Seine Mission war wohl erfüllt und alles war gut!

ENDE

Von Uwe Goeritz im Verlag BoD (Books on Demand, Norderstedt) ebenfalls erschienene Bücher:

„Cecilia im Bann der Liebe"
Die ISBN lautet: 978-3-7392-4583-6
112 Seiten

„Für Immer an deiner Seite"
Die ISBN lautet: 978-3-7412-8407-6
112 Seiten

„Die Liebe ist (k)ein Ponyhof"
Die ISBN lautet: 978-3-7412-7920-1
116 Seiten

„Griechische Küsse"
Die ISBN lautet: 978-3-7448-7274-4
116 Seiten

„Liebe hinter Klostermauern"
Die ISBN lautet: 978-3-7448-8973-5
120 Seiten

„Ein Pflaster für die Seele"
Die ISBN lautet: 978-3-7460-7947-9
112 Seiten

„Das Tor zum Paradies"
Die ISBN lautet: 978-3-7528-5837-2
124 Seiten

„Ein Kater rettet das Weihnachtsfest"
Die ISBN lautet: 978-3-7481-2863-2
236 Seiten

„Aurelia - Geliebter Engel"
Die ISBN lautet: 978-3-7494-5128-9
244 Seiten

„Sieben Nächte im Paradies"
Die ISBN lautet: 978-3-7347-6647-3
244 Seiten

„Drei verrückte Weihnachtswünsche"
Die ISBN lautet: 978-3-7494-8575-8
172 Seiten

„Ein besonderes Praktikum"
Die ISBN lautet: 978-3-7528-4866-3
248 Seiten

„Aurelia – In himmlischer Mission"
Die ISBN lautet: 978-3-7519-1416-1
244 Seiten

„Groupies tragen keine Ringelsöckchen"
Die ISBN lautet: 978-3-7519-8353-2
136 Seiten

„Heiße Küsse im Advent"
Die ISBN lautet: 978-3-7526-1175-5
264 Seiten

„Aurelia - Liebe in teuflischen Tiefen"
Die ISBN lautet: 978-3-7526-4538-5
260 Seiten

„Auf der Suche nach Mister Romeo"
Die ISBN lautet: 978-3-7534-9226-1
160 Seiten

„Ein Winterurlaub der Sinne"
Die ISBN lautet: 978-3-7543-7451-1
252 Seiten

„Aurelia - Im Kampf auf Liebe und Tod"
Die ISBN lautet: 978-3-7557-6151-8
272 Seiten

„Eine Nixe zum Abendessen"
Die ISBN lautet: 978-3-7557-1044-8
252 Seiten

„Weihnachten auf Schloss Wolfenfels"
Die ISBN lautet 978-3-7568-3661-1
260 Seiten

„Liebe Undercover"
Die ISBN lautet 978-3-7392-1463-4
248 Seiten

Aktuelle Informationen und Neuerscheinungen finden
sie immer im Internet unter:

www.Goeritz-Netz.de